Antropofaguitas

GABRIELA PONCE

❯ Pro Latina Press

Antropofaguitas

GABRIELA PONCE

cuentos

A mis amigas.

Diario de una nadadora

Water is worse than woman.
It calls to a man to empty
him.
Under us
Twelve princesses dance
all night,
Exhausting their lovers,
then giving them up.
I have known water.

ANNE SEXTON. "Water". All My Pretty Ones

"Nelly pretendía quizá ampliar su propio tesoro de secretos. Pues la conciencia secreta y veraz de aquella niña —"tú eres para mí transparente como un cristal," acostumbraba decir Charlotte a su hija— le creó ocultas opacidades y recovecos donde poder guarecerse para estar a solas consigo. La impertinencia de los demás es el origen del secreto que puede germinar por necesidad y hacerse hábito, y que puede crear malos vicios y sublimes poemas".

CHRISTA WOLF. *Muestra de infancia*

NOCHE 1

El Jota se fue. Voy a dejar de mentir. Voy a dejar de comerme los dedos. Voy a dejar de lastimarme las encías. Voy a dejar de pasarme tiempo hurgando en las vidas de los otros. Voy a dejar de comer azúcar. Voy a dejar de aplazarlo todo. Se acabó. Voy a dejar de sentir que la vida de los otros es más bacán. Punto. Se acabó. Voy a dejar de sentir envidia.

NOCHE 2

Tengo 34 años. La Ine se quedó a dormir conmigo. Lloré dos veces. La primera fue cuando le conté sobre el viaje a la playa en el que dormí con mi papá por primera vez. Mi papá tenía puesto solo unos calzoncillos color caqui y me impresionó la palidez de sus piernas y el pequeño bulto que hacía su pene ajustado por la tela del calzoncillo. Tenía 10 años. La segunda noche de ese viaje, su esposa ya no me dejó dormir con él. Me cerró la puerta del cuarto en la cara y me dijo algo así como tendrás que dormir sola. Yo lloré toda la noche sin entender por qué. En algún momento en esa noche fui al baño, que tenía un espejo inmenso en la pared y me miré llorando y mi cara llorando hizo que sintiera pena de mí y entonces lloré más. Luego me subí el vestido de la pijama, me di la vuelta, abrí las piernas y, agachándome, me observé el ano. También por primera vez. Ella no volvió a dejarme entrar al cuarto. Yo lloré todas las noches de esas vacaciones. Al regreso de la playa mi mamá me llevó, por recomendación de mi papá, a la psicóloga, también por primera vez. Comencé a tomar valeriana y a escuchar con un *walkman*, cada noche, la voz de la mujercita que recitaba, con un tono parco, rutinas de relajación. Fui obligada a dormir sola. Yo hasta entonces dormía con mi mamá. El por qué dormía con mi mamá es harina de otro costal y no conviene contarlo ahora. Pero no dormía, solo lloraba. Toda la noche. Todas las noches. Sintiendo que en mi interior no había nada y esa nada formaba un remolino de aire que se quedaba atrapado ahí en el pecho causándome asfixia. En algún momento, alguna noche, mi mamá se cansó de oírme y me permitió volver a su cama. Odio por eso el olor de la valeriana. Y también odio a la esposa de mi papá. A mi papá y a mi mamá, no sé. Mientras la Ine me oía rememorar esa historia, contarla incluso con el detalle del ano, yo lloré, pero sólo un poco. Luego seguí hablándole de esas cosas y en un momento dado en el que me paré para prender un tabaco en la hornilla de la cocina, y se me quemó el pelo, me acuerdo que le conté también que cuando el Jota se fue, al momento de la despedida, sentí que estaba parada frente al hueco en el que enterramos a mi hermano. En el entierro, le dije a la Ine, en un momento en el que alcancé a entender lo que pasaba, el momento de bajar el ataúd al hueco, yo caché que mi hermano se había muerto y que ya no había nada que hacer. Y sentí pánico. Así mismo me sentí cuando el Jota se iba. Es la muerte, me dijo la Ine. Es la muerte, repitió. Y ella estaba con los ojos llenos de lágrimas y yo estaba llorando. Y luego de hablar de esas cosas nos fuimos a acostar. La Ine es una mujer muy hermosa. Tal vez una de las más hermosas que yo haya visto de tan cerca. Me impresiona sobre todo su frente inmensa, morena, como un espacio donde reposarlo todo. Me contó cosas mientras estábamos en la cama. Me contó cosas que sonaban insólitas, ciertas, pero insólitas. Hubo algo particularmente inquietante. Algo que se refería a alguna teoría sobre la lealtad genética. Yo le soy leal al abandono. La Ine le es leal a la promiscuidad. Eso puede ser bonito, digo, el modo en el cómo nos encargamos, con lealtad de perras, de ir extendiendo el sino de nuestra ascendencia femenina. Cargamos con él hasta que ocurre la venganza, dijo la Ine. O mejor dicho, el retorno del equilibrio. Y entonces, dijo, habrá que hacer lo que vinimos a hacer. Pero habrá que hacerlo con amor. Me quedé pensando en la manera en la que vengaría el abandono con amor. La Ine es tan bonita, se parece a una de las muñecas morenas de porcelana que mi abuela guardaba celosamente en el armario y que nunca pude tocar. Mientras ella decía todo eso, yo sentía que quería besarla en la boca. Eso quería. Pero en vez de eso, le toqué despacio la cabeza y ella me dijo que me quería mucho y yo apagué la luz y nos dormimos. Eran las tres de la mañana. Antes de dormirme me dijo que este momento de tanto dolor pasaría. Que el dolor iba a pasar. Y yo le creí. La Ine habla de un modo que no deja lugar a dudas. Yo siempre le creo.

NOCHE 3

Pasaron tres cosas extrañas esta noche. Me levanté en un momento dado sin poder respirar. No podía respirar. Era real. Agarré la taza de agua que estaba en el velador y me tomé el poquito que sobraba. Mi mamá repetía que cuando mi papá la dejó fue como perder el aire. De niña yo imaginaba a mi mamá ahogándose, era un pensamiento recurrente. Sobre todo cuando se ponía a llorar, yo pensaba, chucha madre, creo que ahora sí se ahogó. Cuando ya me estaba quedando dormida otra vez, mi hija vino a mi cama y me dijo que se había hecho pipí. Ella nunca se ha hecho pipí en la cama. Le pregunté si se cambió de pijama y me dijo que sí. Le dije que se acostara conmigo. Se acostó y yo traté de abrazarla, pero ella no quiso y me empujó. Traté de volver a dormir, pero entonces oí un sonido extrañísimo, era como un burbujeo. Como cuando uno se pedorrea debajo del agua. El sonido venía del baño y cuando me levanté a ver, el baño de visitas estaba inundado. Pensé en trapear, pero no lo hice. Me fui a acostar sintiendo una ansiedad maldita en la vagina. Me quedé dormida en algún momento del que no tengo conciencia.

NOCHE 4

Hay algo con la noche. Con la llegada de la noche. Siempre, desde muy pequeña, la sombra del espacio semi oscurecido me producía tristeza. Lloraba. Entonces fue cuando comencé a mentir. Cuando mi mamá o mi abuela o mi hermano me preguntaban por qué lloraba, yo no sabía qué responderles y me inventaba historias.

Ahora también miento. Hay algo en mentir que se me da naturalmente. Ayer llegaron mis amigos de la universidad a cenar. Los
veo poco. Cada año, en cada cena navideña, no sentamos a la mesa
a comer y no nos levantamos hasta las tres de la mañana. Había
yerba, por suerte. El Pollo y yo fumamos y luego no paramos de
reírnos. Algunos intentaban iniciar conversaciones serias, pero con-
seguíamos traerlo todo abajo. En algún momento los convencimos
de jugar al teléfono dañado. Recuerdo un momento fue particularmente chistoso. Era algo que tenía que ver con Topo Gigio. En un
momento dado, en medio del juego y de la bulla, tuve un instante
en el que pensé que el Jota ya no volvería nunca más, que no estaría
al final de la noche, que todos se irían y yo me quedaría ahí sola
en esa misma mesa y sentí vértigo. Un vértigo intenso como de
caída y no sé cómo salí de ese pensamiento, pero salí de ahí, creo
que tomándome un *shot* de vodka y retomando el juego. Al final,
cuando ya todos querían irse y yo no quería que se vayan, accedí a
conversar sobre el Jota y nos envolvimos todos en una conversación
seria sobre el amor que terminó cuando yo dije que ese amor al que
llamábamos amor no era amor. En ese momento sentí que yo sabía
mucho del amor, pero que nadie me entendía. Y luego repetí una
frase que fue lo último que me dijo el Jota antes de irse. Algo así
como "tenele fe a tu amor". El Jota es argentino. Yo repetí la frase
como si fuera mía. Dije algo así como que lo único que nos queda
es tenerle fe a nuestro amor. Hago eso a veces. Tomo palabras de
otros y las hago mías. Robo no solo frases ajenas sino también otras
cosas. Sólo por el gusto de robar. Pero eso también es harina de
otro costal y no es algo que quiero dejar de hacer. En un momento
dado el Pollo se fue al baño y luego vino y dijo que se iba porque
su novia estaba celosa. Se fueron todos y me acosté con un poco de
miedo y luego sonó un mensaje en el teléfono y pensé que podía ser
el Jota diciéndome que vendría a dormir a la casa. Pero no. Era el
Pollo que me decía que todo bien con su novia y que esperaba que
mi corazón esté tranquilo. Eso exactamente decía.

NOCHE 5

La quinta noche bien podría titularse la noche que conocí a Silvio Játiva. Amanecí con él bailando en un bar de La Ronda. Bailábamos pegados un pasillo. Él canta. Él canta todas las canciones que le da la gana, hasta que la borrachera se lo permite. Luego se para y se va cayendo. Pero la caída es larga. La caída le toma una o dos cuadras y uno o dos conatos de conversación confusa y divertida. Nos reímos mucho. Yo me reí mucho con él. Cuando intentó besarme yo le agarré los churos y le dije que me gustaba, que claro, que su belleza era como todo en esa noche, pero que no lo besaría y luego me fui, borracha, caminando por las calles de La Ronda con la sensación de que todo era mío. Silvio Játiva es un cantante de fonda y también es futbolista. Tiene el atractivo maldito del hombre feo. Una mezcla fatal entre Guillermo Dávila y René Higuita. Algo así. Ahora me duele la barriga y me cuesta escribir. Después de Silvio Játiva vuelvo a mi casa borracha, pero un poco menos borracha que el arquitecto, que fue el de la idea de ir a La Ronda. Llego a dormir con mi mamá. Hace años que no duermo con mi mamá. Por suerte estoy borracha. Me pregunta algo. Alguna impertinencia, pero yo caigo dormida, y sueño con un hombre manejando un tráiler que se cae por un barranco y cuando me doy cuenta el hombre es mi gato. Yo siento el vértigo de la caída. Me despierto asustada y escucho el ronquido tosco de mi mamá. Trato de acordarme qué hago ahí. Recuerdo el video que vi en la tarde proyectado sobre la pared de la iglesia San Francisco. Un *mapping* en el que una serpiente escalaba la pared de la iglesia y sacaba su lengüita venenosa con dulzura maternal y vi cómo luego le salían hojas del cuerpo, y flores, y asomaban ballenas voladoras cruzando las puertas de la iglesia y luego, así, en la oscuridad, pienso que pronto ya no me acordaré de nada de esto. Es navidad. Mi mamá podría ser la ballena. O la serpiente. O la flor.

NOCHE 6

Me despertó en la sexta noche un ruido que fue como la caída del camión. Mi hija se despertó también. Era un pedazo de la madera del piso que se desprendió. Estalló por la humedad. El piso de mi casa, el tablón, se ha levantado en perfectas olas que se elevan hasta estallar. Cuando nos levantamos a ver, el baño y el corredor estaban inundados nuevamente. Esta vez con caca del vecino. Las dos tuvimos arcadas. Salían además hormigas por todas partes. Manchas negras se desplazan por el suelo como una serpiente. Cómo carajos no hemos muerto devoradas por tanta hormiga, cómo podemos convivir con tanta hormiga entre las paredes, debajo de los pisos, pensé. Le dije a mi hija que no limpiaría la caca del vecino y cerré la puerta del baño y ya. Le insinué que viniera a dormir conmigo, pero no quiso. Me acosté y otra vez sentí el dolor de barriga. Intenso. Como una herida o algo así. Mi papá vino a verme en la noche. Mi papá nunca ha querido estar cuando está. Creo que le pasa conmigo tal vez porque le recuerdo algo que le incomoda demasiado. Siento que todo el rato está con ganas de decir bueno me voy. Hasta que lo dice. Cuando estaba el Jota no pasaba. Desde que se murió mi hermano siempre he tenido a un hombre que triangule mi relación con mis papás. Cuando estoy sola con ellos es insoportable. Mis papás se separaron cuando yo nací. El Jota ya no está. No sé cómo estará, pero imágenes de él con otra me acribillan el pensamiento por lo menos una vez al día. A ratos dejo que me martillen más largo, y los imagino encontrándose, abrazándose y me excito un poco. Pero sólo un poco. Lo peor es cuando los imagino besándose o en la cama, desnudos. Ahí normalmente paro. Paro y voy a comer algún dulce. Cuando algún pensamiento me martiriza, como azúcar. Le explicaba a la María hoy mientras *eskypeábamos* que lo que me asusta es el mundo. Siempre el mundo ha sido miedoso, tal vez porque mi abuela me repetía incansablemente que tenga cuidado, que si salgo me pueden robar y me encerraba en el departamento y yo miraba a los niños jugar y desde la ventana me imaginaba todas esas cosas que pueden pasarles jugando afuera y deseaba que algo les pasara, algo real que justificara mi encierro y me hiciera sentirme menos desgraciada. Lo hacía comiéndome una cucharada de Choquilla que me daba mi abuela. Creo que ahí fue cuando empecé a sentir envidia y a comer tanta azúcar. También le dije a la María que todo podría cambiar. Es el momento de la mutación. Ahora que lo escribo pienso otra vez en la serpiente y la flor. Y todo esto me parece ridículo y cursi. La serpiente dando a luz flores o ballenas. No es tan fácil que las cosas cambien.

NOCHE 7

Me entregaron un premio. Soy la mejor nadadora del año en la categoría máster 30 a 34 del club Los Valles. Le vi al Jota en la calle. Él no hace ningún deporte. Dice que hacer deporte le parece una pérdida el tiempo.

Cómo será todo. Cómo serán las cosas el próximo año.

NOCHE 8

No hubo noche. No me acuerdo. Tomé varias pastillas antidepresivas. En la tarde comencé a sentir esa angustia en el estómago que lo traga todo. Recuerdo la primera vez que sentí esa angustia. Quiero culpar a mi papá y a su esposa, pero estaría mintiendo. Fue antes de ese viaje. Fue un día que me mandaron a dormir a algún otro sitio y no lo conseguí. Creo que fue al campamento del Zurita. Tendría yo unos siete años y tuvo que venir mi tío a recogerme porque yo lloraba. Sentí vergüenza y alivio a la vez. Era como si me hubieran salvado de la catástrofe. Lo volví a sentir esta tarde. Y desde ahí sólo empezó a crecer y en la noche llegaron el Mono y dos amigas y me ofrecieron antidepresivos. Los tres toman esas pepitas y una de ellas, que las tenía en su cartera, me dio las pastillas y me tomé una y luego hablé, hablé de todo lo que el Jota me hacía, de todo lo malo, y ellos también, y era como un complot. Y yo sintiendo que empezaba como a dormirme y luego pasaron cosas que están pero no están. Que no puedo recordar bien. Y amanecí atrasada porque tenía una cita con la Sole y la Maga. Cuando llegué, tarde y sin bañarme, les conté de las pastillas y otra vez del Jota, de cómo había sido todo, de cómo todo se había ido al carajo, por la culpa de él, claro, pero la Maga, que es vieja y sabia, sólo me dijo se acabó, eso se acabó, tienes que hacerte mujer, me dijo, ya basta de todo el resto, te toca hacerte mujer, y en ese momento eso me pareció cierto y luego empezamos a tomar vodka y la Sole se fue y la Maga sacó las cartas de su papá, el poeta, y yo escogía una al azar y ella la leía, y en eso saqué por pura coincidencia una que iba justamente sobre lo que me había contado un poco antes, ese amor de su padre por Helena, que lo llevó a la locura. Helena embarazada en París y él perdiendo la cabeza, escribiendo cartas de amor y Helena de vuelta en Uruguay, Helena herida en la pierna y luego lanzada al mar por los militares. Y la carta, justo esa, el poeta escribiendo algo así como en qué pierna fue, en qué pierna te habrán herido, cómo habrá sido que te agarraron, qué habrás pensado cuando taparon tus ojos y te botaron al mar. Y yo y la Maga llorando, ella agarrada a la carta y yo al vaso de vodka, temblando, con la cursilería inflándose en mi interior como una bomba de chicle, sintiendo que había algo inmenso que sí existía y que nos rebasaba a todos y que las historias de amor pueden ser tan bonitas y tan tristes, justo porque el amor es una cosa misteriosa y enorme que ocurre al mismo tiempo, en todas partes, antes, fuera y dentro de nosotros. Y se acaba. O no se acaba. La puta madre, no lo sé. Y luego llegó mi hermana, y yo al borde de la borrachera y aún dopada, sintiendo que la angustia volvía cada que acababa algún encuentro, algún episodio, la angustia regresaba como un pedazo de consciencia a pincharme los pies, caminé con ella por las calles sin saber qué día era, ni qué hora era, ni qué chuchas, yo no podía regresar a mi casa sola, porque la angustia estaba llegando al punto de hacerse de mi tamaño y ahí sí que ya no había vuelta atrás y mi pobre hermana sin saber qué hacer me llevó donde mi mamá quien al verme puso cara de tragedia y me agarró del brazo y yo sentí que podía caerme y empezó la caída.

NOCHE 9

Mi mamá vino a dormir a mi casa. Su perra vino con ella. La perra durmió conmigo en el cuarto. Las dos encerradas. El gato con mi mamá. Decir que la perra durmió es mucho, la perra no durmió, se pasó toda la noche oliendo el cuarto. Oliendo debajo de la puerta al gato que se pasó también toda la noche sentado afuera de mi puerta. Yo tampoco dormí. Me sentía como la perra. Encerrada. Dando vueltas entre las sábanas blancas. Sintiendo la ausencia asentar sus deditos largos sobre la almohada.

NOCHE 10

Además de los antidepresivos tomé también un ansiolítico y un jarabe de pasiflora. Sólo me desperté una vez en la noche sintiendo un placer como olas. Un placer que chocaba contra mi pecho despacito y empezaba a crecer otra vez. En un momento pensé que estaba a punto de enloquecer, que enloquecer era comenzar a preguntarse quién soy y cosas así y que eso ya me estaba pasando y entre esos pensamientos me quedé dormida. Y volví a amanecer media angustiada con un cosquilleo en la vagina. Me desperté, creo que afectada por algún sueño, imaginando al Jota besando otro cuerpo, lejos en alguna fiesta, en alguna conversación, en algún espacio, feliz y lejos, besando a un hombre o a una mujer, y el cosquilleo se expandió por todo el cuerpo y una ira atómica me hizo ir corriendo al baño a vomitar.

NOCHE 11

Mi hija se fue unos días con su papá. Se fue llorando. Me miró agarrada de la manzana acaramelada que le compré y determinada me dijo que no quería irse. Yo la subí al carro de su papá y luego me subí al mío sin regresar a ver pero imaginando su cara llorando detrás del vidrio. Y me sentí culpable. En la noche soñé que me quemaba con cables eléctricos que mordían mis dientes. Me sangraban las encías y eso era placentero. Me gusta hacer sangrar mis encías. No sé desde cuándo lo hago.

NOCHE 12

Dormí después de muchos días sin miedo. Dormí profundamente y soñé que manejaba un auto en una carretera que era el mar. Y que el Jota era mi hermano. Pero su voz no era su voz, era la del Jota. Y al despertarme caché que ya no me acuerdo de la voz de mi hermano. Y eso en este momento me hace sentir culpable. Y pienso que podría ver un video, el video de su graduación. Y luego digo no. Las imágenes tienen un poder supremo. Mejor así. Que suceda naturalmente el olvido.

NOCHE 13

Dormí borracha. Vino el X, mi primo, y su noviecita, y tomamos mucho vino y comimos pizza y el Tito me regaló un cd de música tecno. Y un libro de poesía medieval. Me dijo que soy capaz de disfrutar la vida, que como y bebo como desaforada, dijo, y que eso da cuenta de mi amor por la vida y que deberíamos viajar juntos. Que él me quiere tanto. Yo no dije nada. Todo me parecía absurdo y lo que yo quería era decirle que consiga un chance de coca. Luego me acordé de que viajaba a la playa con mi hermana en la madrugada y le dije al X que se fuera, dudando todavía entre la coca, acostarme con él o irme a dormir. Luego de un beso en el cuello y de intentar darme un beso en la boca que rechacé, se fue. Yo me metí a mi cama e intenté dormir mientras mi primo seguía en el tira y afloja con la noviecita curuchupa que se ha conseguido en su iglesia. Sólo pude dormir cuando se fueron.

NOCHE 14

Nueva crisis. Estalló llegando al mar. Cuando nos encontramos con mis tíos en Portoviejo. El verlos así, en terno de baño y en el mar, tan fuera del contexto en el que normalmente los veo, en la salita de la casa de la abuela tomando té con galletitas, agitó mi angustia hasta las lágrimas que sin embargo contuve hasta volver a subirme al carro. Luego de eso, llanto descontrolado y mi hermana y mi primo sin saber qué hacer. Llegados al hotel me tomé el antidepresivo y el remedio homeopático y me quedé dormida.

NOCHE 15

El antidepresivo me hace dormir plácidamente hasta que en algún momento de la noche me despierto con este sentimiento catastrófico y luego me quedo con insomnio un par de horas y otra vez vuelvo al sueño profundo. He decidido no tomar más esas pastillas. Me tuvieron todo el día en un estado de somnolencia patético. Cada vez que algo como un pelícano con el ala rota incapaz de volar, ensayando una y otra vez un despegue fallido, me hacía sentir ganas de llorar, no podía. Tampoco cuando algo chistoso, normalmente dicho por mi hermana, que me daba risa, podía reírme. Era como si me hubieran estacionado el volumen en una frecuencia media y de ahí no lo podía yo mover. Se acabó. Sólo las usaré en momentos extremos.

NOCHE 16

Noche de fin de año. Regresé de la playa. El Jota me visitó y al no concretarse ningún plan con sus panas se quedó a dormir conmigo. Después de mirar abrazados los juegos pirotécnicos estallar y de asistir también a la quema de llantas de nuestros vecinos, nos vimos las caras de pendejos y luego nos metimos a la cama y nos acercamos medio asustados y nos desnudamos y luego hicimos el amor por horas. Fue un gran polvo. Yo me preguntaba, mientras me venía en un sinnúmero de orgasmos en seguidilla, cómo era posible tanto placer. Luego dormimos exhaustos y yo soñé que me salía leche de los pezones. El Jota me mama los pezones y yo siento que es mi hijo y cuando me rebusca en el ano siento que es mi papá y cuando me aprieta las tetas siento que es mi hermano. Mi hermano me medía las tetas con una cinta métrica para ver si crecían. Lo hizo toda mi adolescencia hasta que un día amanecieron inmensas y a los dos nos dio pudor. Dormí plácida. Al despertarme el Jota se había ido. Pensé que estaba en el baño fumando marihuana como cada mañana. Pero no. Se había ido. Yo fui al baño y vomité. Creo que vomité el semen que me tragué la noche anterior o quizá fueron las conchitas asadas que me comí en la tarde con el Jota en el restaurante del Gato.

NOCHE 17

Es extraño volver a dormir sola. Me despierto varias veces en la noche. Pienso que sería tan fácil que alguien llegue y nos mate de pronto a las dos. Mi hija duerme en su cama y yo me levanto y la voy a ver y me quedo mirándola y a veces me pongo a llorar. Pienso en que todo podría ser diferente y me pongo a llorar.

NOCHE 18

Soñé que asistía a un evento en un estadio. Iba con el Jota. Al llegar todo estaba lleno y el Jota me decía que se iba a buscar a alguien. Y no volvía más. Y luego el estadio era una piscina inmensa en donde yo iba a casarme y luego una pecera y luego un pedazo de tierra que empezaba a abrirse y yo agarrada de mi hija sentía que era el infierno y que mi papá, que era el diablo, tenía una cola rojiza que parecía también un pene. Ayer en la terapia mientras el homeópata me tocaba el cuerpo y todo ese exorcismo raro ocurría, yo sentía, sobre todo cuando presionaba mis mandíbulas, que mi papá estaba ahí atrapado entre los dientes. Todo el asunto de la vida es como una cadena de dientes, pensé. Y ahí, entre los dientes y las encías, están atrapadas las personas y las familias y las historias. Tal vez por eso a mí me provoca tanto placer lastimarme las encías. Luego le conté a la tía Paula, con la que me encontré afuera del consultorio del homeópata, lo de mi separación con el Jota, y ella me dijo, ya son dos fracasos, mijita, pensará bien. Y deje de comerse los dedos que usted ya es una mujercita. Eso dijo.

NOCHE 19

Las noches de los viernes son las peores. Esos son los días que más padezco. Casi siempre logro acompañarme de amigos. Ayer vino el Negro. Cuando el Negro habla de él es muy bello, tiene una vida triste que sus manos, que sus dedos, resisten con tanta elegancia.

Son unos dedos largos que esconden el misterio de la simetría. O algo así. El problema es cuando me quiere besar o me dice que seamos amantes o me lanza chistes impertinentes sobre nosotros. En algún momento siempre le tengo que pedir que se vaya.

NOCHE 20

No dormí. Preferí quedarme en una fiesta bailando y ver salir el sol junto a un niño de veintitrés años que me gustó mucho. Un rato nos metimos al baño y jalamos coca y él comenzó a desnudarme y yo le pregunté la edad. Y quedó la cagada. Me puse de vuelta la blusa y salí del baño. Estoy menstruando. Creo que lo de la edad fue un pretexto para no tener que decirle que estoy menstruando. Le dije a alguien en la fiesta que no estoy casada. Qué idiota. No sé por qué hago esas cosas. En un momento dado siempre miento. Un rato en medio de la borrachera alguien me preguntó qué es lo que tanto temo. Debo haber estado hablando del Jota otra vez. Lo que más temo es mi mamá, mi hija y yo almorzando el domingo. Ayer me gustó la soledad pero hoy pesa toneladas. Hubo un momento en la fiesta en la que tuve que irme. No había más mujeres y las miradas de los hombres eran morbosas. Todas. La única persona con la que me habría acostado anoche era la Isa. Pero el marido no la deja ni un segundo sola. El marido de la Isa son dos ojos clavados en ella. Todo el tiempo. A veces eso me produce un poco de envidia.

NOCHE 21

Insomnio. Después de nadar toda la tarde llegué a meterme en mi cama y a chequear el Facebook. Mala idea. Pensamientos extraviados toda la puta noche.

NOCHE 22

La terapia con el homeópata chamán me deja aturdida. Me toca el cuerpo, trata de abrir mis piernas y yo me desvanezco del dolor. Me voy a imágenes y lugares que se abren cuando él comienza a palparme el estómago. Y a veces, cuando abro los ojos, en medio del trance, y lo veo, siento que él es todos los hombres. Y lo quiero besar. Quiero que el sea mi papá. Me pregunto cómo será tener un papá con ese cuerpo, con ese cuerpo grande y robusto. El cuerpo de mi papá siempre me pareció muy chico. Lo único que siempre me ha gustado son sus dedos gordos. Un día me dijo que se los comía, que por eso los tenía gordos. También me dijo que se comía los talones. Yo para ese entonces, a pesar de que nunca le había visto hacerlo, también me comía los dedos. Y también sintiendo un enorme placer, me arrancaba los talones hasta dejarlos con pequeñas hendiduras, a veces sangrando, y me comía los pedacitos de piel. No sé desde cuándo hacía eso, pero lo de los talones es un secreto que nunca le he contado a nadie.

NOCHE 25

No he podido escribir. No he tenido mucha fuerza y he decidido dormir. Levantarme ha requerido un esfuerzo doble. El problema, dice mi primo, es que estoy obsesionada con el Jota. Lo que pasa es que me gusta mucho la relación de a dos, le explico. Esperé el día de besar a alguien por primera vez como mis compañeras de escuela esperaban la Barbie Cristal. Me pasé años besando las tapas de los lps de mi mamá que tenían hombres en sus portadas. Cuando me besé con alguien por primera vez en la boca, que por cierto fue con una niña imaginándome que era un niño, sentí que era de largo lo más excitante que había probado, largo lo más entretenido para hacer. Y no paré. Cada enamorado besaba diferente. Y así empezaron a llegar uno tras otro, y algunos me daban más chance que otros. Algunos estaban más interesados en pasarse el día besándose que otros, que claramente se aburrían. Y luego vino el primer polvo que fue como la puta hostia en la primera comunión, no pasó nada. Pero era cuestión de tiempo y yo lo sabía porque cuando sentí el primer orgasmo con un pene adentro fue la gloria. La desnudez además era algo fascinante, lo más fascinante porque todo se mezclaba con todo y era el placer del cuerpo y además un sentimiento de placidez total. De acompañamiento. Y me jodí. Me enamoré de todo aquel con el que me desnudaba.

NOCHE 27

Sueños. Talvez por el tarot. Sueños con aguas de las que salvaba a mi hija. Y también perdía a mi hija. Pero en el sueño enseguida después de haber pensado que la perdía, ella aparecía y yo sentía que eso era la felicidad.

NOCHE 28

Ojos rojos. Aprendí a nadar en esa época. En la época en la que empecé a sentir esta angustia. Nadaba todo el día en la piscina del edificio en el que vivía mi abuela. Ahora, con los años, nado menos. A ratos también siento angustia estando en el agua.

NOCHE 13

Es un mes.
He dejado de escribir. Tampoco he querido nadar. El miedo se ha tomado varias veces mi cuerpo y cuando ha sucedido he llamado a alguien. Los amigos me salvan. Me he echado un ácido con el Jota y he quedado embarazada. Luego me ha venido la regla con una fuerza inusual. Me he embarrado de sangre mientras me despedía de una posibilidad que no existió. No había embarazo. He visitado la tumba de mi hermano y ha pensado que me gustaría desenterrarlo. He estado a punto de hacerlo, pero me he contenido. He descubierto que no tengo papá y eso ha sido como el tajo de una navaja en el pie, justo en la mitad de la planta del pie. He descubierto que el amor es siempre discontinuo. Menos el de mamá. Ese amor tiene una continuidad que anula todo lo demás. Incluso a mí. He pasado bajo su arrullo algunos días. He sentido que mi cuerpo

soporta la ausencia del Jota como soporta todo lo demás, con una tensión que sangra a la altura del abdomen. He sentido ganas de morir. He sentido al día siguiente que estoy mejor. Me he levantado otra vez para ir a trabajar. He asistido a clases y he dicho cosas sobre el cerebro y la energía muscular. He salido corriendo por una calle empedrada, mientras escuchaba frases que mi primo ha escogido cuidadosamente para mí y que hablan del amor de Jesucristo. He escuchado dentro de mí voces que no paran de señalar caminos distintos. He vomitado las conchitas asadas que comí sintiendo que vomitaba el mundo, o todo el semen tragado. He abrazado a mi hija en la oscuridad, en total silencio, para agarrarme de ella y no morir. He sentido que es el fin de todo y la realidad es insoportable sin mi hermano. He llorado hasta encontrar consuelo en las palabras de mi mamá: no llamaremos a nadie. He saltado al vacío repitiéndome yo me quedaré porque tengo todo lo que necesito, el mantra que aprendí en mi visita a un terapista que me hizo pegar unos almohadones de flores coloridas con todas mis fuerzas, imaginándome que era la cara de la esposa de mi papá. Yo no les pegué con todas mis fuerzas temiendo hacer algo ridículo. He mirado mil veces el Facebook. He esperado noches eternas que el Jota llame y lo he llamado varias veces para no decir nada, o decir cualquier cosa, como perdón. He imaginado que se duerme, se culea y se despierta con mujeres hermosas, mucho más hermosas que yo y le he dado la razón por dejarme. He *eskypeado* con mis amigas para escuchar que me dicen cosas en las que creo y no creo, porque en el fondo guardo la esperanza de que el Jota vuelva. No ha vuelto. He dicho mentiras. He descubierto que en mi interior hay una falta. Es una falta de fe. Un faltante espiritual. He cachado que lo que necesito es creer. He querido creer pero no lo he logrado. He alimentado a mi gato y he mirado el piso de mi casa estallar después de inundarse con mierda del vecino. He aspirado el polvo que ha dejado el pulir el piso y también el olor a laca que me ha entorpecido. He comprado tela y pintura para redecorar mi casa, pero todavía no lo he hecho. He querido lamer la espalda de un joven de veintitrés años que hace música con su computadora y ríe de una manera inusual. He querido también, aunque borracha, besar a un examante que ya no me gusta. No he querido culear con ninguno de los dos. He husmeado en las axilas del Jota sintiendo que es un olor que me tranquiliza. Me he puesto a llorar porque saca bruscamente su verga de mi vagina. He pensado que con una mujer esto no pasaría. He comido con un hambre voraz después de hacer el amor. He repasado imágenes en mi cabeza de manera obsesiva, imágenes que tienen que ver casi siempre con el Jota. Me he imaginado que sacaré las cosas que quedan de él en mi casa. He imaginado que me pide perdón. He tejido con mi madre una bufanda azul y he armado un rompecabezas de mariposas, consiguiendo con ambas actividades un poco de paz. He tomado sol y también pastillas antidepresivas en la playa. He odiado a mi padre, su esposa y un poco a mi hermana menor, por parecerse demasiado a ambos. He sentido la intensidad de otros llegar a mí como un aire pesado y he debido salir corriendo algunas veces. Me he metido al mar y le he pedido regresar con el Jota, lo he hecho con frases ridículas del tipo que sea lo que tenga que ser. He tenido conversaciones que versan una y otra vez sobre lo mal que me siento. He escuchado también historias más y menos trágicas que la mía. Me he reído mucho, sobre todo cuando he fumado yerba. No he podido dejar de comerme los dedos. He sudado mucho las noches y he tenido sueños que ya no recuerdo bien pero en las que el Jota aparece casi siempre. Ocurren los sueños por lo general en el agua. He escogido tres cartas del tarot para interpretar mi pasado, mi presente y mi futuro y las cartas han sido la lealtad, la muerte y la domesticación del deseo, respectivamente. He escrito mi primer poema. Un poema en el que describo la cara de mi gato. He ganado una competencia de natación. He respondido una entrevista para una revista deportiva a una velocidad de la que ahora me avergüenzo. He dicho que nadar me desconecta del mundo y por eso lo hago. Que decidí ser nadadora porque nadie en mi familia nadaba. Porque mi mamá no sabía nadar y necesitaba con desesperación ser diferente a ella. Esto último no lo he dicho. Lo que sí he dicho es que tengo una afición morbosa por la asfixia. Pero esto no lo han publicado. He sentido envidia por todas mis amigas casadas y con hijos, sobre todo las envidio en los feriados. He bailado un poco. Muy poco. He leído también poco. He visto películas. Dos películas. Una argentina que va sobre dos vecinos y una ventana y que me ha parecido fantástica. Otra ecuatoriana que tampoco ha estado mal y que va de una madre que tiene que resolverlo todo, he llorado al final de esa película. He dormido atravesada por mi gato. He pensado que la alfombra del cuarto de mi mamá está sucia y he pensado que la casa entera de mi mamá está llena de polvo y grasa y descuido y he comprendido que hay en ello una hermosura que es la hermosura de mi madre. Y punto. He vuelto a comer sus fideos preguntándome por qué habla ella siempre en diminutivo y luego he vuelto sobre ello para decirme tienes que aceptarla como es. He recibido visitas de amigos y amigas, unos más morbosos que otros. Todos queriendo saber qué pasó. Todos sugiriendo que necesito ayuda. Cada consejo diferente. He tenido que aguantarle a la Suka contarme cómo el psicoanálisis ha salvado su matrimonio. Decir que se ha vuelto a enamorar de su marido porque sospecha que se está tirando a alguien. He pensado que mi matrimonio ya no existe. Eso me ha causado alivio. La he escuchado decir que yo lo que necesitaba era que mi papá me lea un cuento y el hijueputa no lo hizo, me abandonó, y ahora lo que tiene que hacer es acostarse conmigo. La he escuchado decir que ahora lo que yo necesito es que él me haga el amor. He imaginado que de hacer el amor con mi papá, quisiera hacerlo en la tina del baño. En el agua. He consultado a la astroterapia en la página web de un doctor australiano que, cobrándome dos dólares, me ha dicho que soy escorpión y estoy regida por mis genitales. Luego le he pagado dos dólares más por saber algo de la *man* con la que ahora sale el Jota y me ha dicho que es aries y que lo que rige a aries son las rodillas. He sentido alivio, tan poco interesante que la mujer esté regida por las rodillas. He preguntado por leo, el signo de mi papá, y me ha dicho que le rige el corazón. Y he pensado ni cagando. Esto es una fantochada, a mi papá no lo rige su corazón. Al muy cabrón. Eso he pensado. Y me he salido de la página web. He estado obsesionada con esa nueva mujer del Jota. Y luego he comprendido que no tiene nada que ver conmigo, aunque creo que me gustaría acostarme con ella. También he jalado cocaína. Y he acompañado a mi primo a la iglesia y he escuchado decir cosas sobre el poder de los evangelios. Y he querido confesarme sólo para oír qué idiotez me diría el cura, pero no lo he hecho. Y he recordado que le decía mentiras al cura cada domingo que mi abuela me obligaba a confesarme, porque nunca sabía cómo decirle que me había masturbado. Y me he reído de eso. Y de todo. Me he reído con mis amigas. Especialmente con la María. He pensado que estaré mejor. Que tal vez en un tiempo esté mejor. Que tal vez nunca vuelva a estar con un hombre. Esa idea en particular me ha martirizado mucho hasta el punto de la asfixia. Pero, repito, tengo una relación morbosa con la asfixia. He sentido también que hay algo que me puede salvar, un pensamiento específico que me hace sentir que no pasa nada, que aquello que me está pasando es insignificante en el transcurrir de la vida, del universo y de la galaxia. Cuando he conseguido nadar también me he calmado. He sentido tranquilidad además cuando hablo con mujeres que han pasado por lo mismo, siempre y cuando no sea mi mamá. He callado a mi mamá cuando ha tratado de contarme cómo fue cuando mi papá la dejó. He aceptado que, como dice la María, no hay nada que hacer, estamos solos. He seguido el impulso de escribirlo todo sabiendo que mi madre leerá mi diario. He regresado un amanecer a mi casa sintiendo que todo está bien y que me gusta dormir sola. Es mentira. No me gusta dormir sola. Nunca me ha gustado dormir sola. En el único lugar que me gusta estar sola es en el agua. Por eso nado. He conocido a un hombre con el que me he desnudado. Y he sentido que toda esta porquería del amor empieza otra vez. Pero nada ha ocurrido, no me he enamorado de él. Le he dicho que por el momento no quiero nada serio y él ha estado de acuerdo. No he podido dejar de mentir. Tampoco he dejado de lastimarme las encías. Son manías que se dan en mi de manera tan natural.

Restos del abuelo

Ese miércoles fuimos al cementerio. Mi mamá dijo que no tenía dinero para rentar un nuevo nicho, peor para comprar uno. Era cierto. Todo el dinero de la venta de la renuncia lo invirtió en un negocio de accesorios para celulares que fracasó y nos dejó en la absoluta quiebra. Tenía que pagar la hipoteca de la casa y a su nuevo esposo, que era un tipo sin mucho dinero, y coño hasta morir, le valía un carajo la suerte de los restos del abuelo. A ella también.

—Al fin y al cabo el viejo fue un hijueputa concluyó.

La abuela, enloquecida por su senectud, se la pasaba encerrada en el baño, cantando frente al espejo. El abuelo era para ella la imagen que asomaba en un pedazo de fotografía que recortó, un rostro al que le coloreó azules los ojos, le dibujó pelo largo y barba, y que llevaba siempre entre sus tetas, como llevaba también un pañuelo y billetes de cincuenta y cien sucres, apiñado todo ahí en medio de sus pechos. A nadie le interesaba el destino de esos restos, así que yo llamé a mi hermano y le dije que algo habría que hacer con lo que quedaba del abuelo. Que el tiempo de alquiler del nicho había vencido y no había plata para uno nuevo.

Llegamos a las oficinas del cementerio. Un hombre vestido con terno café y corbata celeste nos entregó, sin ningún trámite de por medio, una bolsa negra con un *maskin* pegado en el que constaba el nombre del abuelo y un certificado para poder caminar por las calles con esos restos. Mi hermano tomó la funda y después de hacer una serie de averiguaciones y constatar que no teníamos el dinero suficiente para dejarlo ahí, me señaló, con un gesto resignado de ceja, que no había más, nos íbamos con el abuelo. Salimos del cementerio después de dar vueltas como pendejos entre tumbas y nichos, leyendo los nombres y los apellidos de los muertos, la fecha de sus nacimientos y de sus decesos, haciendo cuenta de la edad a la que murieron, imaginándonos las circunstancias de los fallecimientos, aficionados, como éramos ambos, a esos ejercicios inútiles.

La bolsa no pesaba mucho, nos subimos en un bus por sugerencia de mi hermano y, en un algún momento, después de darle vueltas al asunto, le dije que la dejáramos ahí mismo, olvidada, que pensándolo bien yo no creía que el alma del viejo tuviera nada qué ver con esa funda negra. Que sería, de algún modo, divertido olvidar la bolsa y que alguien decida por nosotros o que de una vez la bote a la basura. Mi hermano, que se estaba graduando de abogado, me dijo que no. Que la Constitución era enfática en el asunto de los cadáveres. Que ningún cadáver es objeto de propiedad y que deberá siempre ser tratado con respeto, consideración y dignidad. Le propuse que entonces quemáramos los restos detrás de la casa en la que crecimos, en ese terreno eternamente baldío en el que enterrábamos tesoros. Él dijo que la incineración de cadáveres debía realizarse única y exclusivamente en los lugares permitidos por las autoridades competentes. Me dijo que lo mejor era vender los huesos. Que él sabía cómo y dónde hacerlo. Me dijo que yo podía o no acompañarlo y que recibiría la mitad de la plata. Treinta dólares. Le dije que eso me parecía lo más ilegal de todo. Que si los huesos no eran objeto de propiedad, cómo podíamos nosotros venderlos. Pero él me dijo que el abogado era él y que yo no entendía de esas cosas y que vender los huesos era legal. Me explicó demás que la venta serviría para un fin didáctico y noble, y que confiara en él. Mi hermano siempre habla de modo solemne, como dando un discurso, igual que papá. Yo iba a seguir discutiendo, pero me distraje con un hombre ciego que se subió al bus y que se paró justo frente a nosotros. El tipo llevaba puesta una camisa abierta que dejaba su pecho descubierto y tenía un lunar de carne en la garganta, justo donde el abuelo tenía el hueco. Iba cogido del brazo de otro hombre, joven, de pelo largo y ojos azules, que, por el modo en el que le agarraba, parecía su pareja. Pensé por un momento en pararme y cederle mi asiento, pero el porte y la belleza de ambos me frenó, como sospecho que le pasó al resto de gente en el bus, o por lo menos a mi hermano, que en cualquier otra situación le habría cedido su puesto. El joven del que se agarraba el ciego también llevaba puestos una un short y una camiseta. Ambos calzaban sandalias de cuero. Ambos iban vestidos de una manera excesivamente veraniega para el clima quiteño. Eran los dos guapos, de una belleza un tanto sucia, eso sí, pero poderosa. El ciego mascaba chicle y se tocaba de rato en rato el pecho poblado de vellos negros, acariciándose el tatuaje que le cruzaba el abdomen, y cuyas formas estaban algo borradas por el paso del tiempo, colocando luego su mano en el tubo de mi asiento, dejándome ver de cerca sus dedos anchos, las venas cruzándole caudalosas el dorso de la mano. Por un segundo pensé que la imagen era demasiado extraña para que ocurriera en un bus urbano de Quito. Y me confundí. Regresé a ver a mi hermano que también observaba al ciego con curiosidad y caché que era efectivamente una situación rara. Tal vez eran gringos. Tal vez europeos. O tal vez no. Tal vez eran quiteños. Estuve un rato observando al ciego, su lunar de carne ubicado en medio de los huesos de la clavícula, un círculo que se dibujaba perfecto como el hueco del abuelo. Mi hermano me codeó y sugirió que dejara de verlo, y yo miré a la funda que ahora estaba colocada en el suelo y me acordé de los huequitos que poblaban el rostro lluro del abuelo. La funda negra me hizo pensar en su cara. Y en asuntos lejanos que apenas recordaba. Por ejemplo, de cuando el abuelo llegaba con regalos para nosotros, regalos rotos y usados, a mí me traía *barbies* mutiladas. Siempre a alguna le faltaba una pierna o tenía la mano aplanada por los dientes de algún animal doméstico. Traía también pistolas viejas y rompecabezas incompletos que mi hermano recibía con más entusiasmo que yo. No sé de dónde sacaba el abuelo los juguetes que nos regalaba. De niña imaginaba que los sacaba de un basurero de cachivaches o algo así. Ahora pienso que los robaba de alguna casa. El abuelo tenía varias casas porque tenía varias mozas, decía la abuela, y tal vez intercambiaba los juguetes entre sus muchos nietos. Eso explicaría el hecho de que mis juguetes también desaparecían. Miré otra vez al ciego y sus ojos acuosos me hicieron pensar también en los ojos de los muertos. Qué pasa con los ojos de los muertos, me pregunté. Se secan y se pudren, quizás. ¿Estarán sus ojos en esa funda? Sentí ganas de abrirla para ver lo que quedaba de los ojos, pero me contuve. Luego recordé la mirada del abuelo. Esa acuosa mirada del abuelo sobre nosotros. Justamente sobre nosotros dos. Sobre mi hermano y sobre mí, esa tarde en el cuarto de planchar.

Yo tenía nueve y él once. Ese día, el cuarto en el que nos encerrábamos, que era el cuartito de atrás, estaba ocupado por el viejo. La abuela había decidido sacarlo del que había sido su cuarto durante cuarenta años. Por los sonidos que hace, decía, no me deja dormir. Y lo había mandado al cuarto de atrás, al cuarto de la plancha. Lo había instalado en ese cuarto a él y a sus *collages*; lo había mandado al mismo cuarto de baldosa blanca en el que nosotros nos encerrábamos para que él me lamiera la vagina. Cuando él me lamía la vagina, yo pensaba que él se veía muy bonito. Se veía como cuando chupaba un helado de paila. Lamiéndolo despacito, para que le durara más, mientras el helado empezaba a derretirse. Y él lo seguía chupando, ambas bolitas, leche y mora, ambas suavemente, y los colores de las bolitas se mezclaban y él las chupaba con más y más urgencia. Pero con delicadeza a la vez. Así, así tal cual, me chupaba la vagina. Ese día entramos al cuarto cogidos de la mano, y *pum*, allí estaba el abuelo dormido. Entonces comenzamos a caminar en puntillas para no despertarlo. Y nos acomodamos en las baldosas frías, yo con el calzón café hasta las rodillas. Él, acostado entre mis piernas, inspeccionando con curiosidad. Pero el abuelo igual se despertó. Se despertó cuando él me estaba lamiendo la vagina,

abriendo con sus dedos los labios y metiendo la punta de su lengüita. El abuelo ya no hablaba porque tenía un hueco en la garganta.
Tenía cáncer por fumar tanto, decía la abuela, por eso le habían
hecho el hueco. Un hueco del tamaño de un ojo. Un hueco que
la abuela limpiaba y sobre el que luego colocaba un aparato y por
el cual el abuelo emitía extraños sonidos. A mí me daba un poco
de asco. No que él me chupara la vagina, no, eso me encantaba.
Me daban asco el hueco y la flema que la abuela sacaba del hueco.
Asco y pena. Pero igual observaba con morbosidad cómo la abuela
limpiaba la flema con un apósito, así le llamaba la abuela al pedazo
de gasa, apósito. Y luego me pasaba la gasa sucia para que yo la bo-
tara. Y la gasa estaba cubierta de esputo amarillo con manchas de
sangre, que yo observaba largo, hasta que la abuela insistía, ya bote,
mamita. Bueno, la cosa es que el abuelo se despertó y vio que él me
estaba lamiendo la vagina. Y nos observó sin sorprenderse. Yo me
quedé quieta, mirando a la vez uno de los pedazos de tabla tríplex
colgados en la pared. Uno de esos pedazos sobre los que el abuelo
construía *collages* de mujeres desnudas. Me quedé observando las
tetas gigantes de una de esas mujeres que tenía los pezones cubiertos
por pedacitos redondos de papel brillante, esos que el viejo pegaba
sobre las vaginas o los pezones de las lluchas, como para asegurar
siempre un resto de misterio, o por algún sentido del pudor. Y me
vine, mientras él me lamía despacio la vagina, yo sentía remolinos
de placer salir disparados hacia el papelito brillante que ocultaba la
tetilla de la llucha. Y el abuelo observaba quieto la escena, con los
ojos aguados, reposadas sus manos sobre el estómago.

Eran los mismos ojos acuosos con los que el ciego posaba su
miraba sobre el todo. El todo que era para él la oscuridad infinita.
O tal vez, la luz, o el color, algún color dibujando formas borrosas.
Reposando su cabeza sobre el hombro de su compañero, se agarró
los huevos por encima del pantalón y el joven le besó la frente;
pensé que hacer el amor con un ciego debe ser una experiencia
excitante como pocas. Y en eso, mi hermano recogió la bolsa y me

dijo "nos bajamos". Yo me paré y, rozando el cuerpo del ciego, me bajé del bus algo excitada por el recuerdo, y por el torso desnudo del ciego que era hermoso y que al tocarlo sentí que estaba humedecido por el sudor. Y esperé que mi hermano vendiera los huesos y que me pagara los treinta dólares y luego nos despedimos y yo me fui caminando. Caminé por la avenida, sintiendo la urgencia de gastarme esos dólares, pero no supe en qué y llegué a mi casa y esa noche soñé que me caía en huecos profundos y una liviandad extraña me permitía flotar en medio de la fangosidad de esos agujeros. Eran unos huecos caldosos, tibios, en los que me sumergía sintiendo un enorme placer, y entre los cuales circulaban angostos ríos de sangre que desembocaban en una inmensa pupila.

Al día siguiente mi mamá me preguntó por los huesos y yo le dije que los habíamos botado en un basurero, se lo dije para zafarme rápido del problema y porque además no quería que me pidiera el dinero. Mi mamá se rió con una sonora carcajada y yo salí de la casa huyendo de las preguntas que ella insistía en hacer. Y en la calle compré un ramo de rosas amarillas que eran francamente estupendas. Después de observarlas embellecidas por la luz matinal unos segundos, me pregunté qué hacer con ellas, sintiendo que no soportaba yo la belleza de esas flores en mis manos, y que no podría llevarlas conmigo, y que no sabía qué extraña voluntad me había hecho comprarlas, tal vez la necesidad de empezar a librarme de esos dólares, tal vez un extraño bullir de culpa o cursilería por todo el asunto del abuelo, tal vez la imagen de las rosas en mi cuarto, alumbradas por el sol de media tarde que pegaba fulgente sobre mi velador vacío, tal vez por las ganas de botarlas a la basura sin más, sin explicaciones, y zafarme de la fatiga que me producía cargar con algo tan bonito. Y en medio de esos pensamientos, en un momento dado, me agaché y, como si nada, las dejé en la vereda y seguí caminando, hasta llegar a la facultad, sin regresar a ver. Caminé sintiendo que mis pies dejaban huellas de caca en todo el camino. Caminé sin pausa, pero con la sensación de un olor fétido

a mi alrededor. Caminé rápido, deteniéndome solo para levantar los zapatos cada cierto tiempo y observar las suelas y encontrarlas siempre limpias, sin rastro de mierda.

Malamierda Barrionuevo y su balsa Margarita

Se llega virgen a todos los acontecimientos de la vida. Tengo miedo de no saber cómo arreglármelas con mi dolor.

Antígona o la elección. *Fuegos*

MARGUERITE YOURCENAR

Malamierda

Nos conocimos en la Clínica de Especialidades Mariana de Jesús, él iba a sacarse las dos últimas muelas que le quedaban en la boca. Yo iba a hacerme un aborto. La ternura con la que su mirada reposaba sobre las baldosas blancas de la recepción me sobrecogió de manera tal que me conduje sin pensarlo a sentarme a su lado. Apenas notó que caminaba hacia él, alineó las piernas ampliando el espacio para que yo me acomodara.

La señorita me hace un guiño, dice:

—El *doc* está ocupadito, lo suyo quedó para las once, espere nomás un ratito. Siento alivio, mis mandíbulas aflojan la presión sostenida desde que salí de mi casa. Me doy cuenta de que mastico un chicle que ya no tiene sabor y que me sangra un pellejo en el dedo izquierdo, lo succiono con fuerza, saco el chicle de la boca, lo miro, guarda pálidamente el color rojizo de la sangre, sin atinar qué hacer con él, me lo vuelvo a meter en la boca.

39

El viejo se acerca para mirarme y me dice como si me conociera hace años:

–La felicidad es un estado de ánimo, no se confunda cuando le digan que no existe, yo soy feliz.

Sus ojos se clavan en mi escote. Siento que me quiere mamar los pezones parados que aprieta la camiseta. Yo, al ver su boca deformada por la falta de dentadura, pienso en que podría amamantarlo suavemente y limpiar sus babas, acariciándole la cabeza o el diminuto pene.

–No soy de aquí, soy de Guayaquil de las Peñas, ¿conoce? –me dice con la mirada aún clavada en mis pechos–. Mi hijo me trajo cuando murió mi señora hace cuatro años, estuvimos casados cuarenta y siete. ¿Y usted? —su gesto quiere instalarse en el recuerdo, pero él no le deja.

Por primera vez se dirige a mis ojos, los suyos tienen una humectación lagañosa particular y apenas se abren.

–Me operan de unos quistes en el útero.

La palabra útero me conduce siempre hacia la imagen de un hueco de profundidad infinita y oscura, esta vez el hueco aparece en mis pensamientos como una olla de presión en la que se cocinan cangrejos, con los bichos nadando, atenazando el agua, medio vivos, medio muertos, haciéndose cada vez más rojos, espumeando, con los ojos ya duros.

–Y ¿no le acompaña nadie?

–No, es una operación sencilla.

–Por más sencilla que sea.

Lleva sus dedos y raspa los pocos pelos blancos que se alzan verticales sobre su cráneo, como rizomas delgadísimos, los soba queriendo acordarse de algo y dice enseguida:

–Yo me voy a sacar las muelas, me estorban al comer. Sabe, yo construyo reproducciones de barcos en miniatura. Me lo enseñó mi mamá que era aficionada a las manualidades.

Al pronunciar la palabra "mamá" se perfila en sus ojos un reflejo acuático que los humedece aún más. Pienso en los barcos que yo construía de niña, pienso en las chilcas en medio de las cuales se abría minúscula una acequia atrás de la casa, pienso en esos barcos de papel que dejaban el puerto atestado de berros que los dedos gordos de mi papá cortaban con cuidado para poner en la ensalada.

–Yo también construía barcos –le digo.

Vuelve a mirarme con algo de deseo, lo reconozco por el modo en el que su boca entreabierta saliva en abundancia.

–Pero los míos han salido en la *National Geographic.*

Suelta una carcajada que me contagia la risa, se lleva la mano hacia la boca y se limpia las babas que salpicó.

–Es que ahí, donde me ve, tengo amigos en todas partes, hasta el Che fue mi amigo, allá en las Peñas.

–¿En serio?

La enfermera se me acerca, vuelvo a apretar la garganta, me entrega una hoja.

–Para que me llene estos datitos, mija.

Siempre me gustó llenar formularios, recuerdo que de niña me entretenían tanto los chismógrafos, empiezo a llenar el cuestionario, pero esta vez me lo invento todo. –Sí, a Ernesto lo conocí un día en que llegó a hospedarse allí donde el 'Perro' Araujo, se sentaba las tardes a jugar barajas con nosotros.

Vuelve a reírse, la carcajada es la misma, explota, me contagia, las babas rebotan esta vez sobre el formulario.

–Un día Ernesto me dijo: "Arturo, hazme un favor, hermano, anda a la universidad y pregunta quién está descontento, necesito que me identifiques a los descontentos". Le dije "pero Ernesto, cómo descontentos", es que yo en ese entonces no comprendía nada de política, bueno ahora tampoco, y él me dijo, "sí, Arturo, tú sólo preguntas y luego me avisas quiénes son los descontentos", y yo fui, y les pregunté a mis compañeros, pero ninguno estaba descontento.

Esta vez su risa es sonora, la señora que está sentada frente a nosotros levanta la mirada de la revista que ojea, nos mira y apenas esboza una sonrisa, yo miro de nuevo al viejo y en un acto de pequeña complicidad río a carcajadas con él.

—¿Y qué dijo el Che?

Retomo la conversación, el viejo me toma del brazo, antes de responder:

—Nada, señorita, se rio nomás y no me creyó, de verdad en la universidad todos estábamos muy bien, o creíamos que estábamos muy bien aunque en realidad estábamos muy mal, o viceversa. Éramos felices. Éramos adolescentes. En las Peñas había cada historia, déjeme contarle sobre la primera balsa que yo hice.

Se vuelve a emocionar, sus ojos saltan, yo me fijo en una lagaña que ahora le cubre parte del ojo, siento el impulso de limpiarle, pero me contengo, la vagina me late de modo extraño, quiero meterme el dedo, con disimulo me acomodo y acomodo con brusquedad la vulva en el asiento.

—Déjeme contarle la historia del *Malamierda Barrionuevo y su balsa Margarita.*

—Mija, pase, el doctor ya le está esperando.

Aprieto la vagina, sostengo en la mano la última duda, sudo. Me levanto y apenas me despido del viejo, él me agarra la mano, yo pienso en los dedos de mi padre, en la fuerza con la que me sujetaron la primera vez que me monté en la bicicleta *choper* y nunca más volvieron a soltarme hasta que se los llevó una noche la muerte, cómo estarán sus dedos ahora, con las uñas largas, me imagino, las uñas siguen creciéndoles a los muertos, sus uñas serán ahora ganchos largos en medio de los podridos dedos, de los gusanitos y las ramas secas de las rosas que puse en su pecho el día en que los enterré. Reconozco los dedos temblorosos del viejo, me suelto. Le digo "fue un gusto", no, no le digo nada, sólo me vibran las manos o vibran las suyas, o vibra mi útero, no sé.

—Hasta luego.

Camino a lado de la enfermera que me increpa: —Pero si le falta enterito el formulario.

El niño

Y la próxima vez que abro los ojos.

Una fisura a la altura del cuello.

La garganta seca, pelándose.

Los coyotes sonando a lo lejos.

La mandíbula en fuego, agitando los dientes, produciendo un sonido sordo.

Me he quedado sin hijo. Y estoy temblando. Son mis pezones dos puntitos cubiertos de arcilla y pelo. Me gustan así mis pezones. Se ven como las tetillas gordas de mi gata. Tengo las piernas, hasta la altura de las rodillas, cubiertas con una sabanita de color amarillo. Amarillo patito. Se observa en los filos de la sábana encajes dorados a los que les ha salpicado unas gotitas de sangre. El hijo salió gritando y yo escupí a la cara del doctor dos veces. Escupí sangre. Mis dedos apretando sus ojos negros contra las palmas de las manos, que no se me escapen sus ojos negros. Mi pelo cayéndose, dejando mechones de color rojo en las manos del niño muerto, que cuelga del aire con olor a leche tibia. Mi vagina con un lastimado minúsculo, un rasgado que apenas se distingue entre los labios y el clítoris. Mis pies, las plantas de mis pies, paralizadas por el cosquilleo que deja la anestesia en su entrada a la piel. De mis axilas cuelgan las gasas secas. Ya no transpiro. El niño se ha llevado mi sudor. Mis labios sienten todo. Sienten la salida del niño, la cuchara que el doctor me metió por la vagina y que me aprieta la garganta. Sabe a óxido. La cuchara, digo. Sabe a un remedio con sabor a oxido que tomé alguna vez para la tos.

Todas las cosas pasan por algo. Son como son. Son así y no hay nada qué hacer, me había dicho en algún momento el viejo. Creo que cuando me habló de la muerte de su señora. Esto es un poco mejor que el hueco horroroso que te deja un parto. Porque el parto también deja un hueco horroroso. Y querer. Querer siempre es un trabajo.

Las palabras a lo lejos suenan como sueños muertos, alguien que no es mi hijo me agarra la mano, quiere que suelte los ojos. No los suelto. No los voy a soltar nunca. Miro cómo, por la ventana, aparece una figura que bien podría ser un árbol y me hace sombra, yo imagino entre sus ramas triángulos de colores por los que avanzan una fila de barcos, de los barcos de madera que construyó el viejo. Se adelanta Margarita.

El perro

El doctor me cierra las piernas y sus palabras suenan bonito, suenan como la voz con la que he dormido muchos años. Me dice que no habrá más pesadillas. Y luego sale del cuarto. El niño se ha vuelto un perro que espera debajo de mi cama. Quiere que le devuelva sus ojos. No se los doy. No se los voy a devolver. Mis manos aprietan aún más fuerte los ojos y siento que los reviento, las abro y observo dos yemas de huevo y manchas de sangre, las claras se chorrean por entre mis dedos. He matado al niño, pienso. Mi estómago siente un hambre voraz, un hambre que no se parece a nada de lo que he sentido antes, es un hambre que quiere tragarse algo inmenso, algo como el árbol. El doctor vuelve y me pone un caramelo de menta en la boca, me sonríe y sus dientes son cuchillitos afilados que brillan y ciegan mis ojos. Me limpia las manos. Quiero vomitar, pero el doctor me dice que es sólo un poco de ansiedad y luego me lee un poema que no escucho, sus palabras se disuelven antes de llegar a mis oídos, me doy cuenta de que el doctor está llorando sobre el libro. Yo también quiero llorar, pero en vez de hacerlo empiezo a contar del uno al diez para quedarme dormida. Recuerdo las palabras del viejo sobre la felicidad. Recuerdo su boca vaciada, apenas las muelas que le iban a quitar, quiero salir a buscarlo, pero me vence el sueño.

Cómo he podido hacer esto. Cómo he tenido la insolencia de pagar. De dar mi peso y decir que el dinero lo cancelaré con la tarjeta de crédito. Sueño con un lugar vacío. El doctor me da un beso y se va. Mi espalda se siente como tensada por dos cuerdas atadas a unas manos invisibles que jalan de a poco, jalan. Me voy a romper, pienso, qué alivio. Pero no me rompo, solo me vuelvo más y más flaca. El doctor vuelve porque estoy gritando y suelta las cuerdas. Yo reboto y quedo algo torcida. Tengo que irme dice el doctor. Hay alguien más que debe ocupar mi cama. Antes de levantarme me toco el ombligo. Es un hueco que me duele. Digo "el ombligo, doctor, *me duele*". Pero ya no hay nadie, sólo mis zapatos sobre la mesita de dormir. Me levanto. Siento las piernas temblar, pero no tiemblan, caminan. Caminan hacia la puerta, debajo de la cama siento la respiración del perro como alentándome para salir. No estoy sola, pienso, está el perro. El perro no se va.

Saliendo de la clínica trataré de acordarme de la historia del viejo. Recordar si me dijo o no por qué le decían el Malamierda. Pero todo será cómo un sueño y no sabré si era o no Barrionuevo su apellido. Si era o no Margarita el nombre de su barca. O si me lo estoy inventando todo. Saldré de la clínica para observar que se habían llevado el carro. Y dónde estará el carro, preguntará mi mamá. Se lo ha llevado la policía, le diré. Lo parqueamos en el lugar equivocado. Tú y quién más, preguntará mamá. Yo y el perro, contestaré. Qué perro, dirá mamá, cada día te entiendo menos. Es vedad, responderé. Ella sonreirá. No. No sonreirá. Emitirá un sonido. Un sonido a manera de risa que podría significar tantas cosas. Que podría significar eres una idiota. O pobre de ti. O qué será de tu vida. O cómo lograrás sobrevivir sin mí. Sin mi tarjeta de crédito. O cómo es posible que seas mi hija. O qué he hecho yo para merecer esto. O yo tengo la razón. Yo siempre tengo la razón. Y también tengo la culpa. Entraré a mi cuarto repitiéndome la máxima del viejo, esa sobre la felicidad o la resignación, que vienen a dar igual. Y sintiendo que nada pasará. La sombra del árbol me acompaña. Margarita, la niña coja, flota a mi lado. El perro estará aquí cada vez que me quiera escapar.

Nieve

Para Manuela

En el árbol, que se levanta frente a nuestra ventana, posa, en una de sus ramas mojadas, cargadas de nieve, un pájaro rojo.

Yo tengo tos. La tos es fuerte, la siento como una pelusa que está flotando a ratos juguetona, a ratos desesperada, en mi pecho. Es una pelusa gris, de esas que gravitan en las esquinas de mi casa, enredadas entre pelos, pedazos de polvo y restos de nieve. En mi pecho se revuelca a gusto. No saldrá.

Afuera la nieve no ha dejado de caer, son días en los que se precipita como lo hace el tiempo, de a poco, pero con un trazo fijo, en cuya repetición habita lo diferente. Parados frente a la carretera, un hombre y una niña parecen divertirse al observar la caída suave y continua de la nieve, están ahí desde hace días ya, soportando con sus manos abiertas el frío.

De pronto nos miramos, todos nosotros, los que nos guarecemos del tiempo en esta casa. Nos vemos perplejos, sobrecogidos por un secreto sobre el que nadie va a hablar. Hoy somos muchos. Somos también menos que el año pasado. Han muerto dos. Gentes que cocinan manjares de la India y repiten palabras en idiomas extranjeros. Una fiesta que se fragua en el calor del baile que llega con el frío, cada invierno.

La nieve sí esconde un secreto. Y nosotros, todos nosotros, que somos tan diferentes, terminamos actuando de maneras similares, idénticas a lo que alguna vez fuimos. Danzando una misma coreografía en la que las manos se rozan alrededor de los fueguitos que hemos prendido en la cocina.

El niño corre a la nieve, a revolcarse en la nieve, mientras yo toso polvo gris. El niño ha bajado a jugar con la nieve porque la ha esperado con ansia, como la espera cada año desde que llegamos acá. Y ahora la emoción rebasa hasta el frío que hiela. Y tal como cuando está en el agua del mar, metido por horas, congelada la cara, suspendiendo el tiempo, el niño suplica por más. Él siempre quiere más. No sabe de moderación. No sabe del tiempo y no se aburre con la repetición. Un rato más, insiste su voz quebrada. Yo, en cambio, a veces grito dentro de mí, con un agobio letal, que algo pase ahora mismo y que quiebre la repetición. Quiero descansar y expulsar la bolita de pelo que tengo bailoteándome en el pecho.

Ahora se suma el sol y los árboles hacen sombra, la sombra de su tronco en la nieve. Bendita la vida, qué bonito se observa todo. El blanco entero como un pliego infinitamente extendido hasta el horizonte. Blanco entero sombreado con ramas de árboles y pequeñas manchas rojas que caen en su interior trinando. Acompañando el paisaje, una funda de Walmart cuelga en una de las ramas de nuestro árbol. Su sombra, como la de un cuervo dando trampolines en el aire, corta la delicadeza del sonido con su movimiento rígido.

El padre del niño se acerca y me hace probar el *nesquik* que compramos ayer y que decía *sugarfree*. Está atestado de endulzantes. Horrible. Nos miramos y el niño dice que se lo pongamos al muñeco de nieve y salimos corriendo y vaciamos el tarro en la cabeza del muñeco y nos reímos, a carcajadas. El hombre al filo de la carretera, agarrando ahora la mano de la niña de pelo rojo, ríe con nosotros. El resto nos sigue, salen todos a resbalarse en el lodo blanco. De regreso a casa, mojados, exhaustos por el juego, nos acostamos sobre la estera gris a reposar mientras el sol empieza a caer.

En la noche vuelve el secreto a instalarse sobre el silencio. Se han ido todos y el niño descansa a mi lado. Siguen los pedazos de nieve cayendo en un susurro que acompaña su movimiento vertical. Entonces cierro el libro que habla de paisajes planos y mujeres con pelucas y con nombres de flor, lo cierro con una lágrima que cae muda y voy al baño. Me quedo ahí para no molestar al niño que se ha rendido al arrullo del blanco, me siento en la baldosa fría del baño para continuar con la lectura, hasta que llega el amanecer. El libro que leo relata, con precisión meridiana, la planicie en la que ahora vivo. El recorrido de la danza de las hojas en otoño que se empapa con la lluvia de noviembre, mientras los hombres y las mujeres sucumben a esta soledad posnuclear y mueren en gajo. Este lugar guarda muchos secretos. Un hombre parado al filo de la carretera sostiene de la mano a una niña mientras la nieve empieza a enterrarlos. El libro se ocupa de su vida, una vida vaciada en la que se ha perdido todo y entonces se ha encontrado la paz. En la escena final el hombre se deja mojar por las gotas del agua de noviembre y llora por el accidente en el que murió la niña. La niña que ahora resiste como un fantasma a su lado, al filo de la carretera, para ver la nieve caer.

Termino el libro mientras las lágrimas ahora salen a borbotones por mis ojos y siento el impulso de ir hacia a la nieve para depositar una ofrenda. Así pues, me quito la ropa, me quito el sostén, me quito el calzón que tiene una toalla sanitaria empapada de sangre. Me coloco un abrigo y unas botas y corro hacia la nieve, el sol se dispone a salir y asoma en el horizonte un destello cuyo verde no se parece a ningún otro verde. Me levanto el abrigo y miro un hilo de sangre bajarme por la pierna, me quito la bota, asiento el pie sobre la nieve y dejo que la gota de sangre llegue al suelo, se estacione en el blanco, le sigue un poco más de sangre, el destello es un rayito verde que ahora desaparece. En la nieve se ha formado un charco diminuto. Mi pie congelado. Aterida de frío me acomodo el abrigo, me coloco la bota y camino de vuelta hacia la casa.

El nombre del mundo. El secreto es el nombre del mundo. Su color es el blanco.

Accidente

Ella debía tomar un avión a Madrid. Las razones de tal viaje eran, en alguna medida, un misterio. Se sabía que debía establecer contactos para financiar dos de los proyectos inmobiliarios en los que estaba involucrada. Se sabía también que debía participar en una conferencia sobre las limitaciones que el espacio público supone para las mujeres. Se sabía que se entrevistaría con dos famosos entendidos sobre el tema de la explotación sostenible del suelo. Nada más se sabía. Pero sin duda había más. Sin duda, había reuniones a las que asistiría en nombre de su organización sindical, para la cual debía también asegurar fondos y, claro, tendría también encuentros sobre esos asuntos que últimamente habían despertado su interés y se relacionaban con temas menos lícitos. También convendría decir que otra de las razones menos claras del viaje tenía que ver con averiguaciones que debía hacer sobre la cadena de peluquerías Azul de Rizos. Sí. Sobre esto último casi nada se sabía, discreta como era *ella*, no lo había compartido con nadie, pero el tema de las peluquerías ya lo tenía en mente desde hace rato, *ella* y su obsesión con el pelo. También, cómo no, y esto todo el mundo lo sabía, visitaría librerías, aficionada como era *ella*, a la ficción y a la filosofía.

Las conferencias y demás asuntos de importancia que iba a solucionar no le emocionaban mayor cosa, cansada como estaba de esos temas en los que se pasaba los días. Tampoco le representaban mayor dificultad. La solvencia con la que resolvía conflictos, ordenaba contratos, levantaba fondos, preparaba ponencias y creaba redes nacionales e internacionales para el sostén de su pequeño imperio garantizaba el éxito de todo cuanto hacía. *Ella*, con sus treinta y pico de años, tenía la actitud correcta, la actitud que le auguraba siempre el éxito. Pero lo que la emocionaba, realmente, era viajar. La emocionaban los aeropuertos. Los cafés de los aeropuertos. El sonido de los aeropuertos. Una cierta sensación de salida que ella encontraba fascinante. En el fondo, lo que a ella le emocionaba era sentir que podía salir. Siempre.

Así que se subió en ese avión con un par de novelas y con la sensación de que estaba olvidando algo, aunque, maniática como era, había hecho listas de todo lo que necesitaba, de las cosas que estaba llevando, de las reuniones que tendría, de los lugares que visitaría, de las cosas que compraría, del presupuesto con el que contaba, y estaba segura de haber revisado todas las listas y de que todas las listas estaban con *ella*, en su pequeño portafolio rojo. Entonces notó que lo que le incomodaba era un olvido parecido al cargo de conciencia y que tenía que ver con el modo en el que se despidió de su novio. Su novio la había dejado ahí, en la entrada del aeropuerto, le había dado un beso en la boca y le había regalado una libretita con dibujos chinos en la portada. Ella se había bajado del carro sin prestarle mayor atención a todos esos detalles. Entonces, ya en el avión, examinando sus emociones, sintió que lo quería, pero que no lo quería tanto. Y sintió también que todo este asunto del amor era algo que no le importaba mayormente, un asunto superado. Pero inmediatamente pensó que si él no estuviera allí, en su vida, algo perdería sentido. Él resolvía algunas cosas de su cotidianidad, que no eran tantas, que incluso ella podría haber resuelto, pero de las que él se ocupaba, sí, debía reconocerlo, las solucionaba mejor que ella y además ciertas actividades resultaban más divertidas si se hacían de a dos. Entonces se convenció de que sí lo quería. Esa era la conclusión, sí, lo quería. Y con la determinación de ponerle fin a esos pensamientos caóticos, decidió que le mandaría un mensaje llegando a Madrid, un mensaje que restituyera el modo frío con el que se despidió de él. Resuelto aquello, abrió uno de sus libros y se sumergió en una lectura que trataba sobre la vida de una pintora rusa del medioevo.

Llegada a Madrid, se acomodó en el hotel, se inscribió en la conferencia, revisó su agenda, envió el mensaje a su novio, hizo un par de llamadas y se perdió en las calles con un sentimiento de mareo que la hizo optar por un paso lento y por sentarse varias veces para respirar con el estómago y llenarse de pensamientos positivos. Eso le correspondía hacer en caso de mareo, le había dicho su homeópata, respirar con el estómago y pensar en cosas positivas. El asunto de su mareo era emocional. Cansancio emocional, le había repetido el hombre. Entonces ella obedecía y, cuando se mareaba, se sentaba, respiraba y se concentraba en algún pensamiento satisfactorio normalmente asociado con su infancia. Así ahuyentaba los conatos de pánico que últimamente le estaban amenazando. En una de esas pausas, sacó su iPhone y chequeó su Facebook y se encontró con un mensaje de Ileana, la periodista que había conocido hace un par de días en Cuenca cuando asistía a alguno de esos foros a los que *ella* era invitada. Ileana, al igual que *ella*, también pasaría unos días por Madrid, pues le correspondía hacer un reportaje sobre mujeres migrantes. Ileana la había impresionado especialmente por el modo en el que llevaba el pelo. Era un pelo cuidado, largo hasta la cintura, que le hizo pensar en Daniela Romo. De niña, *ella* se ponía una toalla agarrada a la cabeza que simulaba un pelo inmenso y jugaba a que era Daniela Romo. Y claro, se emocionó con la idea de tomarse un café con Ileana en Madrid, quién además le había hecho un par de preguntas interesantes en el mencionado foro.

Pero el café se prolongó. Hablaron de Madrid. Hablaron de las mujeres migrantes. Hablaron de libros. Se explayaron en nombres y apellidos de escritoras mujeres que se recomendaron leer. Se recomendaron asimismo algo de música. Recordaron la última vez que se cortaron el pelo. Hablaron de sus propios gustos en materia de cortes de pelo. En materia de casas. Se enseñaron fotos en sus respectivos teléfonos. Hablaron del foro en el que participaron. Criticaron a las mujeres participantes en el foro. Hablaron de política. Del machismo imperante en su país. De las próximas elecciones. De lo que cada una había estudiado. De cómo habían llegado cada una a esas, sus respectivas profesiones. Hablaron de zapatos, de los tacos con los que caminaban ambas por las calles de Madrid, de la afición que sentían las dos por los zapatos, especialmente por las botas. Hablaron de los años universitarios. De sus actividades laborales y sus proyectos actuales, de sus sueños para el futuro y de sus planes inmediatos. Incluso *ella* le contó de sus ideas sobre la franquicia Azul de Rizos. Sobre otros asuntos obviamente no habló, pero sobre el tema de las peluquerías ambas rieron y, extrañamente, a partir de esa conversación se abrió cierta complicidad. Cuando parecía que los temas se habían agotado, Ileana la invitó a *ella* a su hotel a tomar vino. Y *ella* aceptó.

Al llegar al hotel, Ileana la condujo hasta su cuarto, ahí, le olisqueó el cuello y *ella*, que nunca había estado con una mujer, sintió que un vértigo le recorría la espalda y la dejaba sin aire. Y se sintió excitada como nunca antes, porque a pesar de su falta de experiencia, había tenido fantasías, muchas fantasías con mujeres, y una de esas era oler la vagina de otra mujer. Ella misma estaba enamorada del olor de su vagina y la tocaba con frecuencia, en cualquier situación, disimuladamente, para llevarse luego los dedos a su nariz y aspirar profundo. Y sentir que por fin estaría con otra mujer y podría oler su vagina la llenó de una excitación que la hizo salivar. Se besaron y *ella*, en medio de su excitación, llevó uno de sus dedos a la vagina de Ileana que era una vagina grande, con un clítoris ancho, mucho más grande que el suyo y *ella*, que no conocía de otras dimensiones, dejó sus dedos resbalar entre los labios mojados y fue introduciéndolos en el hueco, sintiendo que toda ella era succionada por semejante orificio colosal. Y eso le produjo un placer enorme y luego sacó el dedo y lo olió, y comprobó, como venía sospechando, que el olor, aunque en algo se diferenciaba, era muy similar al suyo. Y esa semejanza era lo que en ese momento la excitaba hasta la locura. Ileana le había ya sacado la blusa y le chupaba los pezones y *ella* agarró las tetas de la joven, que por cierto la periodista era un poco más joven que *ella*, y haciendo realidad otra de sus fantasías frecuentes, una con la que se masturbaba últimamente, se puso a juguetear con las tetas de la otra mujer, haciéndolas bailotear entre sus dedos, exprimiéndolas suavecito. Y lo hizo mientras le agarraba con los dedos de su otra mano el pelo largo y sedoso, aficionada como era *ella* al pelo, y lo lamió y masticó sin pudor. Y así pasó la noche suspendida entre el sueño y la agitación, arrebatada por la realidad de un deseo que venía aplazando por años. Fueron muchos los orgasmos que sintió esa noche, tantos que perdió la cuenta, a *ella*, que le costaba tener uno, que por mucho tiempo sintió que tenía algún tipo de frigidez que fue solo superado entrada la edad adulta, a *ella*, de pronto, se le arremolinaban los orgasmos como un estampido de pirotecnia, como una descarga alegórica de disparos inagotables.

Los días en Madrid se fueron consumiendo atravesados por las actividades que fue despachando más rápido que de costumbre y por la excitación en la que se sumió y que solo se aligeraba con la llegada de la noche y los encuentros con la joven que estaba cada día más dispuesta a complacerla, que se metía en la cama para que *ella* examinara sus partes, ávida como estaba de encontrar algo en el cuerpo de la mujer, algo que develase el misterio, algo que le enseñara lo que no alcanzaba a ver de sí, lo semejante. Para Ileana, en cambio, estar en el cuerpo de una mujer era lo que conocía. Tenía años de acompañar a una mujer bastante mayor a ella, que había sido su única mujer y con quien compartía una casa, el cuidado de su madre enferma y un gato. Y encontró entonces, en el cuerpo nuevo, la extrañeza del contraste de la otra piel, deseosa en cambio de saborear la diferencia. Eso único de ese cuerpo repleto de poder y control, eso perverso y extraordinario que estaba sin duda operando en la sensualidad que descubrió en las manos de *ella*, desde el primer día en que la vio, y que se ubicaba exactamente en sus uñas.

En el modo en el que sus uñas largas atenazaban los papeles que iba leyendo, la forma en las uñas que iban señalando con atención las cifras a las que se refería en su informe, en la manera en que esas uñas cruzaban las hebras de su pelo cada que lo acomodaba, y el modo en el que se extendía, esa tensión, como un rayo áureo desde sus uñas a las puntas de sus senos y luego a sus piernas. Las medias nylon que estiraban las piernas otorgándoles un fulgor oscuro y exquisito que la excitó desde el primer momento en que las vio, cruzadas por debajo de la larga mesa de expositores. Y ahí, en el cuarto del hotel, le pidió que las usara, que se las pusiera, que quería quitárselas y *ella*, encantada, se prestó para esa y para todas las distracciones en las que se entretuvieron las dos, jugando como niñas a verse el calzón, a enseñarse las tetas, a meterse los dedos, a ponerse Choquilla en la punta de los pezones, a mojarse el pelo y las caras con babas y a hurgarse con las uñas largas, con las uñas pintadas de colores, sus vaginas empapadas.

Sus días en España se acabaron y cada una regresó por su lado, en su avión, cada una a su respectiva ciudad, pero seguras de que algo les obligaría pronto a encontrarse, porque lo que les estaba pasando era eso que cuando ocurre, ocupa todo lo demás. Lo ocupa todo. Y así fue. Prepararon una huida a la playa, se inventaron mentiras, alistaron juguetes, se encerraron en una cabaña con terraza y vista al mar y volvieron a entregarse a todos los divertimentos, pero además se contaron cosas que no se habían contado y que eran secretos familiares y que eran costumbres infantiles y que eran amores pasados y que eran debilidades íntimas y también se dijeron palabras que no quieren decir nada, que no quieren decir absolutamente nada, pero que se dicen pocas veces y cuando se dicen se crean entre los cuerpos sensaciones inauditas, primitivas, sensaciones que les dan a esos cuerpos juntos, un lugar en el mundo.

Las dos mujeres partieron con la promesa de un nuevo viaje. Esta vez se prepararon para ir a las costas colombianas. A través de correos y conversaciones analizaron también en la posibilidad de una vida, y entonces *ella* pensó en cómo se lo diría a su novio, que para entonces ya vivía en su casa, y a su familia y a la organización en la que trabajaba y tantas otras personas que confiaban en *ella*, que dependían de *ella*, y barajó la posibilidad de fugarse a otro país, y eso le produjo una emoción enorme, adicta como era a salir, pero luego se dio cuenta de sus enormes responsabilidades sociales, y pensó que mejor sería una vida paralela, que igualmente le resultaba atractiva, adicta como también era a lo clandestino, y por último, examinó la posibilidad de enfrentarlo todo y también lo contempló como una posibilidad, porque otra de sus cualidades era la insolencia. Ileana por su parte barajó maneras que le permitieran huir de su mujer, que era una mujer que se había apoderado de ella, que cuidaba a su madre enferma, que le había pagado sus estudios y alquilaba para ella, su madre y su gato, una casa, y lo había hecho todo por amor. O al menos es lo que le repetía todo el tiempo. Y que era además una doctora aficionada al canto, cuyas piernas morenas sí extrañaría. Y pensó en una huida a Quito e ideó algún plan que la sacara inmediatamente de esa realidad plana que no le gustaba casi nada. Y comenzaron entonces a inventar lo que sería una vida juntas, y lo hicieron con la ilusión de pensar lo factible, aun cuando las condiciones resultasen un tanto adversas, quizá imposibles.

Y hasta aquí esta historia de amor que se infla como la bomba de un chicle rosado del que ninguno de nosotros escapa. Nadie se escapa de la cursilería del amor. Pero revienta. Normalmente la bomba nos revienta en la cara. De aquí en adelante, la historia se transforma en otra cosa, aunque puede ser que no pierda su dosis de cursilería. Pero de pronto todo cambia. Ocurre el accidente que manda al carajo los planes. Que manda todo al carajo. Para siempre. El accidente que llega y nos ubica en el triste espacio en el que nos corresponde, el minúsculo espacio que realmente ocupamos. Y el poder del acontecimiento y de la vida nos dan un par de cachetadas y todo, todo, todo queda en nada.

Una mañana *ella* se levanta y prende la tele para ver los noticieros

como cada día y recibe un mensaje que abre, como abre cada uno
de los tantos mensajes que recibe en su teléfono a diario, y siente un
ligero latido acelerado en el pecho, un latido que se acelera porque
ve el nombre Ileana en la pantalla junto a otras palabras que se
mezclan, que de pronto hacen y no hacen sentido, aterrada como
está, palabras como accidente, como hospital, como terapia intensiva, palabras que desfilan en la pantalla anunciando un instante que
de pronto lo ha cambiado todo. Y hay algo en ella que explota. Algo
que puede ser una ardiente rebeldía. Una secreta furia. Un asomo
de odio que no sabe exactamente a quién va dirigido. Hace un par
de llamadas con la voz quebrada y comprueba efectivamente que
Ileana ha sufrido un accidente y que está en terapia intensiva y no
atina sino a llamar a una amiga que tienen en común, a la que le ha
mandado el mensaje y le cuenta la historia que no había contado a
nadie y le pide que por favor la acompañe a Cuenca, que por favor la
lleve a esa clínica, que por favor le ayude a averiguar algo más. Y la
amiga la salva y le dice claro, y *ella* entonces hace una maleta frente
a los ojos atónitos del novio que no alcanza a entender nada, pero le
desea buena suerte y le consuela porque *ella* no puede dejar de llorar
y él decide callarse y no hacer preguntas que *ella*, en el atoramiento
que está, no podría contestar. Y claro, suspende reuniones y citas y
llega a la clínica de Cuenca para encontrase con la familia de Ileana,
a la que no conoce, a su madre, que la recibe con cordialidad pero
con sospecha, y claro, para encontrarse también con la otra mujer
que le advierte, le hace saber, apretando su mano, que su presencia
es una impertinencia. *Ella* se acomoda en Cuenca, espera unos días,
luego son unas semanas yendo y viniendo, sin poder enterarse bien,
inventando historias hasta lograr que la madre le cuente que la joven abrió los ojos, que ha dicho algunas palabras, que los doctores
aseguran que la etapa más peligrosa ya pasó, que la joven está comiendo, que se recupera favorablemente, pero que *no se acuerda*. No
se acuerda de absolutamente nada de lo que le pasó en los últimos
meses de su vida.

El accidente ha borrado su memoria a corto plazo y esa condición es un daño irreversible que afectará el normal desempeño de su vida. Entonces, después de pensar en las alternativas que le quedan, en las posibilidades de algún diálogo, después de investigar sobre el impacto del accidente en el cerebro y pensar en que quizá sea factible, en que sea tal vez posible, ella logra acordar con la madre una visita, en algún momento en que la mujer no esté y entonces la visita por primera vez en su casa, atraviesa el patio, entra en su cuarto e Ileana, que acaba de salir de la ducha y lleva puesto un vestido amarillo, la mira y le sonríe, la saluda y le dice:

–Tu cara me resulta conocida.

Y *ella* suelta una lágrima, y no sabe qué hacer. No sabe si enseñarle las fotos que tiene de ellas en Madrid, o las de la playa, o un par de cartas que ha impreso, algunos de los regalos que se dieron. Pero solo atina a decirle que sí, que se conocieron hace un tiempo. Que son amigas, y la joven que acaba de salir de la ducha se cepilla el pelo, sin prestarle mayor atención. Llega entonces su mujer, que ha entrado al cuarto, a la que Ileana sí reconoce porque ha estado con ella muchos años y la mujer le dice que por favor se vaya, que Ileana debe descansar. Ileana no dice nada, asiente y se recuesta y *ella* se va. En la calle vuelve a sentir una ráfaga de odio, que como el céfiro de esa mañana le ha entrado con la respiración directo al estómago. Y parada en medio del tráfico de la ciudad se siente impotente. Y el odio da paso a la ternura y la ternura a la resignación. Y la resignación desemboca nuevamente en el odio. *Ella* ha desaparecido de la memoria de su amada, ha sido borrada de su mundo, de la porción de cerebro que ocupaba, porque al parecer las emociones ocurren en espacios neuronales que un buen día, como luces quemadas, se pueden apagar. Camina por esas calles que no son las suyas y por un momento juega, se imagina que *ella* también ha perdido la memoria, que esa es su ciudad y esas son sus calles, pero que no se acuerda, y entonces siente pánico de su fragilidad y de la fragilidad sobre la que se construye todo, e inmediatamente termina el juego, cambia de pensamiento y de emoción y regresa al odio y vuelve a imaginarse que lo tiene todo bajo su control. Y toma un avión de vuelta a Quito y esa noche hace el amor con su novio y siente un enorme placer de estar con él.

Transcurridos un par de meses, Ileana la llama y *ella* siente que todo puede restituirse y se emociona, pero lo que le dice es que se ha encontrado con su nombre anotado en su celular y que efectivamente está tratando de reconstruir su historia y que había algo en ese nombre suyo que le sonaba importante. *Ella* se toma el tiempo para contarle la historia de la que Ileana dice acordarse por partes, aunque finalmente no se anima al encuentro que *ella* le propone. *Ella* queda conmovida por la conversación, conmovida por la propia historia que se escucha contar, conmovida de que eso le haya pasado a *ella* y se vuelve a emocionar porque nunca había *ella* sentido, de ese modo tan intenso, un amor. Pero después de un par de días Ileana la vuelve a llamar y le dice que tenía anotado su nombre en su celular y que estaba tratando de reconstruir su historia y que había algo en su nombre que le sonaba importante. *Ella* se vuelve a tomar el tiempo para contarle, pero esta vez la joven dice no acordarse de nada y cuelga rápidamente el teléfono. Ocurren de ese modo algunas llamadas y *ella* decide ir a verla una vez más, pero la mujer de Ileana está instalada a su lado y nada se pueden decir, a pesar de que Ileana no deja de mirarle las manos durante toda la visita.

Y la historia de amor va concluyendo así, de a poco. A veces Ileana la llama y *ella* se ilusiona un tanto, pero interrumpe siempre la conversación para hacer preguntas sobre algo que acaba de olvidar, sobre los detalles que de pronto se borran así como así, desaparecen, y *ella*, que le ha agarrado inmensa ternura, con paciencia le repite las cosas, la anima para que retome su vida y hasta una vez que visita Cuenca por asuntos de negocios, la lleva a nadar. Nadar le hace bien, al parecer es una actividad terapéutica que acompaña la rehabilitación de todo tipo de trastornos, incluidos los neurológicos. Después la deja en su casa y regresa a Quito dispuesta, como está, a cumplir con todos esos asuntos que atrapan otra vez su vida, ocupándola toda. Asuntos que han hecho que posponga el tema de las peluquerías y que siguen siendo algunos de interés y conocimiento público y otros, en cambio, reservados.

El profesor de piano

I

Lo que pasó. Ahora puedo escribir porque ha terminado ya. De lo que pasó no recuerdo todos los detalles. En realidad, es una exageración decir que no me acuerdo. Me acuerdo del beso. No fue un beso. Solo chupé uno de sus dedos. Claro que me acuerdo. Es decir. Me acuerdo un poco. Me acuerdo por ejemplo de la primera vez que algo extraño se sintió. Yo sentí algo anormal cuando un día llegué y me senté en el banquito en el que me sentaba para observar a mi hija tocar piano y. A ver…. Era un día en que la clase la tomaba mi hija. Porque en realidad las clases las tomaba ella. Tampoco es eso solamente así. Yo también tomaba clases. Los lunes. Y también mi esposo tomaba clases. Los martes. Pero él tomaba clases solo al principio. Se supone que también yo tomaría clases solo al principio, para ayudar a mi hija en su rutina. Pero todo se fue prolongando. El asunto es que ahora yo me he puesto a ver videos de Emmanuel. De Yuri. Y de ese estilo. Y eso pasa cuando estoy enamorada. Cuando empiezo a poner esa música y a recrear historietas cursis mientras las represento en mi cocina. Historietas como, por ejemplo, que él y yo nos encontramos en algún sitio y nos miramos y él se acerca y cosas así. O sea, imagino que nos besamos. Imagino eso mientras estoy en mi cocina caminando de un lado al otro, creyendo que estoy en algún otro sitio y me encuentro con él. Con el profesor de piano. Porque, además, el profesor de piano tiene nombre de galán de telenovela. Yo imagino que suceden entre nosotros escenas cursis, del tipo telenovela, insisto, escenas que ocurren en medio de multitudes de gente, él y yo nos encontramos, nos miramos y él se acerca y me besa. O cosas así. El beso me lo he imaginado en muchas ocasiones. Imagino ese tipo de cosas mientras escucho a Emmanuel sonar en mi computadora. Entre el profesor de piano y yo no ha pasado nada. Que quede claro. Bueno, eso tampoco es tan cierto. Han pasado cosas. Por ejemplo, nos hemos mirado de un modo. No. No es exacto que nos hayamos mirado. Yo aprendo a tocar *El puente de Londres se está cayendo* mientras él me observa y, en mi torpeza, él ha encontrado algo que ha hecho que me mire con extrañeza. Con inquietud. O tal vez con ternura. Y yo. Yo me he encontrado con él. Yo he tenido sus dedos tocando mi hombro y sintiendo que. No. Yo estoy sentada en la banca desde la cual observo la espalda, algo jorobada, de mi hija pequeña y observo también a su profesor. Ambos sentados frente al piano. Ella, con una camiseta morada. Él, con el pelo largo agarrado. Alcanzo a mirar el modo delicado en el que los dedos de él caen sobre las teclas. Como si no estuviera haciendo nada. Como si tocar piano fuera hacer un lazo con los cordones de sus zapatos. O lamer despacio un pedacito de arena. Sobre todo me conmueve lo que hace con el dedo gordo. El pulgar. El modo en el que el dedo gordo cae y que al caer, al dejar la energía apretar la tecla, se desliza doblando y separando apenas las falanges, de un modo tan elegante que yo lo que quiero es lamerlo despacio. Lamer el dedo. Elegantísimos sus dedos. No acarician las teclas. No bailan sobre ellas. Lo que hacen es algo que les es propio. Algo para lo que han existido. Los dedos del profesor de piano son unos dedos que han llegado a ser dedos. A cumplir con algo así como la *dedidad*. La esencia que los constituyen se ha manifestado. Porque esos dedos bien pueden también arrancar raíces de la tierra. Como si tocaran una tecla. Y eso se extiende a sus manos y a sus brazos que son como un solo dedo. Y eso a su vez. Cómo lo explico. Eso a su vez se extiende a su cuerpo que es como dos dedos. O como una mano que con delicada atención se mueve revelando un mensaje arcano e infinito, que como una lengua sale de las entrañas del sonido y me saborea la vagina, las tetas, el cuello. En cada nota. Desde la primera vez que los dedos del profesor reposaron sobre las teclas como asentándose sobre el territorio en el que descansan, yo sentí que. Lo cierto es que no era una emoción extraña. Me ha pasado antes que algún oficio dominado me ha agitado el cuerpo, como si mi cuerpo se estimulará por otro cuerpo afinado. Afinado en algo. Entonces no fue eso lo que me llevó a enamorarme de este modo del profesor. Enamorar en este caso es un decir. Lo que trato de relatar es lo que a mí verdaderamente me suspendió del profesor de piano. Me alteró. Me dejó flotando entre las algas de un mar calmo hasta ahogarme de la satisfacción. Hasta hacerme escuchar a Emmanuel. Yo estaba sentada en el sillón desde el que observaba a mi hija, a la espalda de mi hija y de perfil observaba a su maestro, y al fijar mi atención en la espalda del profesor, me percaté que de su pantalón salía un pedazo de tela roja que era su calzoncillo. Y en un momento en el que se paró para corregir la postura de mi hija y se volvió a sentar, el calzoncillo quedó más al descubierto. Porque al sentarse como que se le bajó un tanto el pantalón. Y el calzoncillo rojo era un calzoncillo viejo, de esos calzoncillos que se usaban antes. Como los calzoncillos que usaba mi papá. Extraños calzoncillos en un joven como él. El calzoncillo estaba descosido. Rasgado. Rompiéndose. Y entonces ese rasgado mostraba apenas un pedazo pequeñísimo de nalga. Y yo cuando vi el calzoncillo viejo, rojo y rasgado, y la piel de la nalga, sentí que verdaderamente eso sí era insólito. Insólito en su belleza. Y era peculiar. No sus dedos-cuerpo que atravesaban el piano para hacer huecos redondos en la tierra mojada, no. Eso no era extraordinario. Aunque fascinante, no era extraordinario. Lo verdaderamente extraordinario eran esos calzoncillos equivocados. Extemporáneos. Deshilachándose de a poco en medio de la pulcritud del sonido. Del piano. Esa pequeña fisura me suspendió hasta una altura que era lejana. Y al caer, el profesor se volvió una pequeña obsesión. Una obsesión que me tiene escuchando canciones del tipo *el muchacho de los ojos tristes.* Una obsesión que, sospecho, él ha reconocido y por eso se sonrojaba cuando empezaba yo a tocar frente a sus ojos *El puente de Londres se está cayendo*, con mis dedos torpes.

II

He dicho que el profesor de piano es para mí una pequeña obsesión. Un secreto. He dicho que le vi los calzoncillos rojos y desde ese día lo observé como solo se observa a alguien que no es normal. Haciéndole una extraña venia con los ojos. Yo al profesor de piano le rindo una pleitesía tan grande como silenciosa. Lo que no he dicho es que un día el profesor de piano y yo nos encontramos en medio de la nada. En la selva. Él y yo. Bueno. Decir que estábamos solos tampoco es tan cierto. Había gente a mi alrededor. Estaba mi hija. Estaba la familia del profesor de piano. Había animales. En fin. Alrededor había mucho ruido. Pero yo sentía que el profesor de piano y yo estábamos solos. Nos separaba una pared finísima, que bien pudo haber sido de caña. Eso era cierto. Por alguna extraña razón él y yo compartíamos un cuarto separado por una pared de caña. Y yo con el compás que mi hija había llevado en su mochila, hice un huequito diminuto en la pared. Y pude ver al profesor de piano sin ser vista. Solo yo lo vi. Y decir que lo vi no es tan exacto, yo veía solo un trozo de su cuerpo. Creo que él no me veía. Pero compartíamos un espacio de intimidad que él tiene que haber sentido, de lo contrario no se entiende lo que pasó después. En las noches las luces se apagaban y él, que conservaba su luz prendida para tocar su instrumento hasta la madrugada, era observado por mí, que lo veía a través del diminuto orificio. A veces el profesor de piano no tocaba el piano, sino el violín. Y yo alcanzaba a ver por el huequito sus dedos. Solo sus dedos. También podía ver el movimiento de la vara con la que tocaba el violín. Pero ya les he hablado de lo que eran sus dedos en el instrumento. En cualquier instrumento. Y entonces yo sentía que él sabía que yo le veía y entonces tocaba para mí. Pero eso bien puede ser producto de mi imaginación y de mi cursilería. Porque éramos todos los que nos dormíamos en esa selva arrullados por el tocar de sus dedos, y claro, por el sonido de los pájaros y del río. Al amanecer, el profesor de piano también se levantaba a tocar y yo sacaba un libro y leía mientras los otros iban al río, esperando que el profesor de piano cruzara la puerta y entrase en mi lado del cuarto y nos viéramos, y con vernos hubiera sido todo suficiente. Otra vez la telenovela. Pero eso no sucedía, el profesor de piano se pasaba el día tocando y yo esperaba el momento en el que él se iba a cualquier parte para agrandar un poquito, con el compás, el hueco de la pared. Así sucedieron las vacaciones. El día que me fui, el profesor de piano estaba encerrado en su mitad del cuarto practicando y yo agarré un pedazo de papel de mi cuaderno y lo enrollé como se enrollan los billetes para jalar cocaína, y lo coloqué allí en el huequito que hice en la pared. No sé por qué hice esa tontería. El papel no decía nada.

III

Imaginar sus manos que.
 Imaginar sus manos que en algún pliegue mío.
Imaginar que sus manos podían ser él en mí rasgando entre.
Imaginarlo acróbata, sosteniéndose entre mi pecho y la tierra, por una vara, entrando.
Imaginar que sus manos que se colocan en las teclas lo hacen también agarrando (me) con sus pies, metiendo (me) su dedo índice entre. Siempre que veo sus manos.
Cayendo suaves.
Se me ocurre imaginar que deja su peso sobre mí.
Sus dedos que se posan ahora mismo sobre el mar o entre los pliegues de la arena del río después de un trampolín mortal, eyaculando. Sus dedos eyaculando (me).

IV

El profesor de piano y yo nunca hicimos el amor.

Lo que sí sucedió es que un día yo llegué, apurada como llegaba yo, tarde como casi siempre llegaba yo, con mi cuadernito en la mano y el pelo enredado por el viento de esas tardes de verano. Parqueé mi bicicleta, entré corriendo a la clase y el profesor de piano me vio y al verme se sonrojó, y enseguida yo noté que tenía uno de mis pezones afuera. O sea, la camiseta floja rodaba por debajo del sostén y un pedazo de pezón rosado, duro, se asomaba apenas apachurrado por el elástico del sostén. El profesor de piano se acercó, despacio jaló el pezón sosteniéndolo con sus dedos, lo observó por unos segundos y lo colocó por debajo del sostén, y asimismo colocó luego la camiseta en su lugar. Yo sentí el impulso de abrir su bragueta y tocar su pene. Y me sentí autorizada para hacerlo. No lo hice. Me senté y recibí la lección de piano, pero en un momento dado le dije al profesor que no volvería, que mi hija seguiría con sus clases, pero yo no. Cuando nos despedíamos, él me devolvió un libro de cuentos que yo le había prestado y yo le agarré el dedo pulgar y me lo llevé a la boca. Y lo chupe por un ratito mientras él me veía enrojecido el rostro y sonriendo. Luego me despedí, me subí en la bici y pedaleé sintiendo que todo era como debía ser. Todo era tan extraño como debía ser.

Cadáver en NY

1. Karaoke japonés *(stand clear of the closing doors)*

Después de la función, decidieron ir todos a un karaoke. Un
karaoke que era parte de un restaurante de sushi. Y el karaoke, en
el que empezaron a cantar luego de haber tomado unos cuantos
jarros de cerveza, y unos cuantos rollitos de sushi, algunos más
que otros, digo, algunos comieron más que otros, dependiendo del
presupuesto con el que cada uno contaba esa noche, era un karaoke japonés. Las canciones no, las canciones eran en inglés y en
español, pero el puntaje aparecía seguido de letras japonesas, y los
videos que asomaban en la pantalla, mientras cantaban en el karaoke, eran videos japoneses. Videos en los que se veía a una pareja
de japoneses en la playa, o arrimados a un árbol, o escondiéndose
detrás de una puerta, o subidos en una moto, o entrando a una
discoteca, o montados en un descapotable en medio de una carretera, o correteando como niños en un parque, o subidos en alguna
torre medieval o en un jardín japonés mientras arrancaban una
flor también japonesa. Lo cierto era que siempre en el momento en
que la canción alcanzaba algo así como su clímax, y en cualquier
circunstancia que se encontrasen, la pareja de japoneses se besaba.
Y el beso era, a veces, apasionado, o dulce, o un beso juguetón, o
un beso accidental, dependiendo de cuál había sido el contexto en
el que sucedía la historia que, en todos sus casos, eso sí, la del video,
digo, era una historia romántica y que no siempre tenía, aunque
a veces sí que tenía, relación con la canción que se cantaba en el

karaoke. Entonces, si por ejemplo, como de hecho sucedió, alguien escogía una canción del tipo *Livin' la vida loca* –que por cierto fue escogida por el mexicano, el gay, el que se parecía al galán de la telenovela mexicana *muchachitas*, y la cantó junto al argentino, que no era gay y que se sentía entre perturbado y seducido cada vez que el mexicano le asía la cintura, para corear la canción cerquita de sus labios, ambos con un solo micrófono, ambos casi tocándose las bocas–, esa canción tenía, igualmente como fondo, al par de japoneses en una playa caminando por la arena, agarrados de la mano, luego sentados los dos en la orilla, contemplando el mar con cara de zonzos.

Y los otros gritaban a todo pulmón, avivando al mexicano, sintiendo que esa canción, justo esa canción, tenía todo y nada que ver con ese video, y con ese momento, y con sus vidas, porque estaban en Nueva York, pero sus vidas no eran tan alocadas como querían que fuesen, aunque de algún modo sí lo eran, y se agarraban con furia de la canción y de ese preciso minuto, y se llenaban de ideas románticas sus cabezas, y de lágrimas los ojos y, al final, pensaban que esa también era su vida, la que vivían después de haber actuado en esa obra, para ese público que se reía cuando no tenía que reírse, que los aplaudía de pie, y que eran hispanos que querían a toda costa carcajearse, eso querían, reírse rápido y fácil. Y el mexicano cantaba como si en ello se le fuera la vida y el argentino incluso tangueaba con una elegancia ridícula, ridícula, digo, para el momento y para la canción, *Livin' la vida loca*, mientras el paraguayo, sentado al lado del venezolano, se burlaba de ellos y se tomaba su cerveza, *cerveza Saporo*, y le decía al venezolano, ya les salieron las locas, ya les salieron las lobas, decía, ya perdieron la compostura, mírales, decía, se les fue de las manos, par de putitas y, como disimulando, como haciéndose el que nada, trataba de acercarse a la española, a la que estaba sentada al otro lado de la mesa, pero no lo lograba porque todos, esa noche, querían estar junto a la española y ella parecía no entender, ella que no sabía de quién coños le hablaban, quiénes eran esas bandas que ellos escogían para cantar, quién era, por ejemplo, Charly García, o quiénes eran los Enanitos Verdes, ni siquiera esto último ofendió al mexicano, ¿sabía quiénes eran los Timbiriche o Christian Castro?, no, la española sabía de *Livin' la vida loca*, eso sí, y de Ricky Martin, y sabía que Ricky Martín era gay, cómo no, y también sabía de Juan Gabriel, pero no sabía más, y no entendía por qué nadie le había servido a ella un vaso y se veía obligada a brindar con la jarra de cerveza, y eso a la vez la hacía sentir un poco la reina, y claro que era la reina, claro que la española era la reina de esa noche y de ese grupo de latinos que estaban todos como perras entradas en calor, incluso los gays, oliéndole a ella el culo, todos desesperados por la española, y ella lo sabía y al mismo tiempo dudaba, y se sentía avergonzada y feliz y no entendía cómo, si sus senos eran tan pequeños, si aun con ese sostén *push up*, que había comprado ese mismo día en Victoria's Secret, sus senos se veían tan diminutos −cada mañana ella los observaba mientras pensaba que con unos senos grandes sería perfecta, pero que con esos senos pequeñísimos, con esas colinitas apenas pronunciadas, era tan poco atractiva, que por más pelo largo y lacio que tuviera, a ella le hacían falta un par de buenas tetas. Tal como le había dicho ese actor con el que estuvo antes de llegar allá, tú no tienes ni siquiera un par de tetas decentes, qué coños vas a hacer en Nueva York−. Eso ella lo sabía y no entendía cómo esta sarta de latinos se lo perdonaba, cómo se morían por ella, cómo este otro argentino, que además era su director de escena, y que además estaba tan guapo, le rogaba que se sentara a su lado; se iba acercando de a poco, incluso le veía el escote, incluso a ratos le miraba los senos, y ella respiraba profundo, no porque el argentino le gustara, sino porque trataba en cada exhalación de sacar un poquito más las tetas, tomaba la cerveza de la jarra y se regaba unas gotas mientras el argentino le decía qué bonita qué sos, Soraya, y qué actriz, hoy te pasaste, Soraya, a mí me parece que vos no podés quedarte acá en el repertorio, no, vos tenés que hablar con René, vos tenés que llegar a un teatro de Broadway, Soraya, vos sos bárbara y tu inglés no es malo, casi no tenés acento vos, che, y mientras le decía eso, se agarraba el pelo y luego le agarraba la mano y la llevaba hacia el escenario que no era un escenario, era el espacio entre la mesa y el televisor gigante en el que aparecían los japoneses, un piso de pupos naranja y donde el calor aturdía porque al pasar, alguien, seguramente el primo del paraguayo que ya estaba bien borracho, había desconectado la máquina del aire. Entonces comenzaba el argentino a cantar la canción que había pedido, como para impresionar a la española, un grupo clásico, una canción que se llamaba *Don't stop believing*, y él cantaba –y cantaba bien porque había tenido hace años una banda de rock–, cantaba como estrella de rock, con ese gesto tan típico de aquellos que querían pasarse de bacanes, ese gesto que hacían con sus deditos imitando el rasgar en una guitarra eléctrica, pero ella no entendía nada, ella nunca en su vida había escuchado esa canción y no sabía cómo responder al entusiasmo con el que le animaban los aplausos del resto de la mesa, todos estos latinos con unos abanicos de colores que les había pasado el mesero japonés, y que eran parte del combo con el que venía el karaoke, cuarenta dólares, diez canciones y abanicos para todo el grupo. Y esa situación le parecía a ella tan ridícula que solo atinaba a sonreír y a buscar la mirada de la otra mujer que había en la mesa, una ecuatoriana que respiraba con alivio y se decía a sí misma, qué bueno, qué bueno que ahora tengo una novia mujer y todos estos perros saben que estoy con una mujer y entonces no me joden, ja, se decía, riéndose por dentro, qué alivio que no me jodan, chucha qué alivio, aunque también sentía una gota de envidia, o tal vez un poquito más que una gota, sí, cuando todos comenzaban a olerle el culo a la Soraya, a decirle cosas bonitas, a preguntarle una y otra vez qué pensaba ella, qué quería ella, la ecuatoriana se sentía un poquito envidiosa, pero inmediatamente pensaba que eran todos ellos patéticos y que por suerte ahora estaba con una hembrita que no se andaba con estas sandeces, aunque, en el fondo, tampoco disfrutaba del todo estar con una mujer. O sea, la gringa con la que estaba era hermosa, y al principio era una experimento y andaba a todas horas desnuda con la gringa atrás suyo, esa gringa amorosa y sensible, y lloraban a menudo juntas y se abrazaban ambas, hechas cucharita, por las noches, y la gringa tenía el pelito corto y no se depilaba y era buenísima, y además tenía dinero y claro, era enormemente generosa y la comprendía. Sí, lo más importante es que la comprendía, pero el problema era que ella no estaba segura de si le gustaba, es decir, sí le gustaba pero lo que pasaba es que ella extrañaba la verga, un buen pene, pensaba, "un pene que me calme la ansiedad o que me alivié la cistitis, la puta cistitis crónica que solo se me aliviaba con el roce del pene", pensaba, y ya no sabía qué inventar para no tener relaciones con la gringa, porque la quería, claro que la quería y no quería perderla ni loca, y se había arrechado a estar con una mujer, renegando de todo lo que le ensañaron, y hasta había publicado fotos besándola en el Facebook, claro que los besos no eran en la boca, porque "si mi mamá en Quito se entera, me mata —pensaba— y mis ñañas, o sea mi hermana Carlita, ella se moriría de la vergüenza, y yo no quiero hacerles eso —se decía—, pero yo la amo a la gringuita esta, yo nunca me he sentido tan bien con nadie, el problema es que yo quisiera poder culear con un pene, por lo menos cuando estoy con cistitis, porque el vibrador no es lo mismo, de hecho me siento muy mal cuando la gringa me pone el vibrador".

Es que el vibrador le recordaba a una película que vio una vez cuando recién llegó, cuando salía con el colombiano que se cagaba en plata y al que le excitaba ver películas de mujeres masturbándose con vibradores que tenían formas muy particulares, formas de pintalabios, o de espinas de mar, o de micrófonos, o de patitos, y a ella no le gustaban esas películas y tampoco le gustaba el vibrador y quería uno de esos penes, que esa misma noche, una vez acabado el karaoke, ella vería en el bar al que le llevó el otro ecuatoriano, el cuencano, el que también era director de teatro. Él le dijo, cuando ya todos se estaban despidiendo y ella no quería regresar a su casa, "vamos conmigo que tengo un trabajito en una barra aquí cerca, incluso estoy con carro", y ella se subió en el carro y el ecuatoriano habló muy mal del argentino, del director, que no tenía ni puta idea de dirigir y le dijo que ella estaba mejor, mucho mejor que la española en la obra, y luego llegaron a la barra y el ecuatoriano le dijo no te preocupes, Tati, acá entramos gratis porque voy a hacer un trabajito, y cuando entraron unos muchachos latinos bailaban sobre la barra semidesnudos y ella le dijo qué hermoso es el cuerpo masculino, diga, y el ecuatoriano, que era gay, le dijo, no sé, a mí estos lugares no me gustan, yo solo vine a hacer un trabajito, va a haber un show a las dos de la mañana y me pagan 150 la hora y eso es un buen *deal*, y entonces yo acepto porque a mí esto no me gusta.

Pero sí le gustaba, claro que le gustaba, o al menos no podía dejar de ver a uno de los chicos, al del calzoncillo blanco con filito rojo, ese que tenía, cómo decir, un gran bulto colgándole, y el ecuatoriano decía no, eso no es normal, no puede ser, qué desagradable tan grande y lo veía, y algunos gringos de la barra le ponían billetes en el resorte del calzoncillo al joven y luego lo tocaban, algunos más duro, otros apenas, acariciándole y el chico de la barra se iba bajando un poquito el calzoncillo, enseñando el culo, y en eso, una mujer mayor, una gorda que bien podía ser también ecuatoriana, se acercó y le puso el billetito enrolado, como esos que se usan para inhalar coca, se lo puso en el calzoncillo y luego se lo bajó, se lo bajó de un jalón y entonces el pene apareció efectivamente gigante, grueso, como un pedazo de salchicha de bisonte, de esas que ella comía en el restaurante alemán al que iba con su gringa, y también se cayeron los billetes, y el ecuatoriano le dijo, no puede ser, no puede ser, ese pene está muy grande, a mí no me gustan tan grandes, y lo decía sin quitarle la vista y ella tampoco podía dejar de ver el pene que inmediatamente el muchacho cubrió, mientras se reía y recogía los billetes y se tocaba el pecho que tenía como untado de aceite y el resto de chicos en la barra también se tocaban mientras perreaban, pero el que tenía más billetes era este, el del bolón. Es que cuando ella lo vio, ese bulto bajo el calzoncillo, pensó justamente en uno de esos bolones de plátano verde gigantes que preparaba su mamá, escandalosamente más grande que el bulto que escondían los otros chicos que tenían solo uno o dos billetes, y que se movían con un entusiasmo que parecía honesto, al menos eso le parecía a ella. En eso, apareció uno de los que trabajaban en el lugar y les ofreció aguardiente, y ella le vio el pecho lampiño y él se abrazó con el ecuatoriano y a ella le dio un poco de pudor y al ecuatoriano le dio risita nerviosa, y en eso ella vio a uno de los que venden los boletos en el repertorio, y él la vio a ella y le preguntó si frecuentaba la barra, y ella le dijo no, vine a acompañarle al Dani a que tome unas fotos, y luego llegó un travesti bellísimo y ella pensó "con él yo quiero, porque él es mujer, el tiene pene, pero es mujer, como mi gringa" y luego se confundió y se le vino a la cabeza una canción de Magneto, ese grupo mexicano que ella oía en su adolescencia y comenzó a cantar en su cabeza, *cuarenta grados, tú serás para mí, ingrato corazón, muero sin ti, vivo en una prisión*, y el travesti se sacó el abriguito y ella le vio las tetillas y se confundió otra vez y se preguntó, el travesti o la travesti, y le iba a preguntar al ecuatoriano cómo se dice, pero justo en ese rato él le dijo, toma esta cerveza, cortesía de la casa, y se puso a bailar con uno de los muchachitos que bailaban en la pista, todos latinos, todos parecían ecuatorianos, pero bien podían ser también peruanos, pensó ella, o salvadoreños, todos bien cholos, se dijo, y tan libres, y le dijo al ecuatoriano, gritándole al oído para que le escuche –porque el chispún chispún del tecno merengue se había puesto muy alto–, a mí me gusta mucho que la gente sea libre, le dijo, a mí me gusta que la gente sea lo que le dé la gana, y el ecuatoriano la miró y no dijo nada, sino que siguió bailando y luego se le acercó y le dijo, tengo que filmar un video a las 2 y ella pensó en su gringa, en que había hablado con ella en algún momento de la noche y le había dicho que ya iba para la casa, y luego pensó en quedarse, en quedarse con

uno de esos hombres que tenían cara de niños, como la canción de
Jerry Rivera, pensó, y se rió, y luego se dio cuenta de que tenían
todos el pelo con corte cadete, como militares, pero con los pelitos
parados con gel, y le pareció extraño y divertido y le dijo al ecuatoriano que se iba, pero él le dijo que lo aguantara un chance, así le
dijo, aguántame un chance, que a mí este sitio no me gusta, y ella
lo esperó, y luego salieron los dos del local y el ecuatoriano le dijo
tengo que volver, así que mejor te llevo a la estación de metro y ella
le dijo, porfas, Daniel, déjame en mi casa y él le dijo, no hay chance, y luego le repitió, este sitio no me gusta para nada, y ella le observó los zapatos que eran unos zapatos de charol en punta, tan
cholos, pensó ella, y luego le respondió, chuta, Dani, sí está fuerte
el lugar, pero gracias por haberme invitado, y se despidieron en la
parada del tren con un beso, que fue un beso en la boca y al apuro.
Antes de irse, cuando ella se bajaba del carro, él le dijo que tenía
que conseguir el cadáver de una mujer porque iba a hacer una película hiperrealista y debía tener un cadáver, el cadáver de una mujer
adulta, porque era a la madre a la que mataban en la película, y le
dijo que si ella le ayudaba a conseguirlo le pagaría 600 dólares, y
ella pensó qué idiotez este tipo, y salió del carro sintiéndose borracha mientras tarareaba esa canción de Magneto, *Cuarenta grados*,
que no se le iba de la cabeza, y esperaba el metro y chequeaba su
teléfono en el que tenía un mensaje del paraguayo que decía, *estabas
muy sensual hoy, Tati*, y después *jaja*, y ella pensó cuál jaja, y luego
pensó en el paraguayo y se acordó de que en algún momento de la
noche él se puso a bailar y le enseñó en su iPhone una foto suya que
decía *lost in america* y que era la foto del poster de una película que
él protagonizaba y que se trataba de un joven español que venía a
Nueva York y se enamoraba de una pareja de gringos y comenzaba
a hacerles favores sexuales hasta que luego ellos lo abandonaban a
su suerte y el joven se volvía un mendigo, y al paraguayo le había
tocado hablar como español y meter la cara en arena y luego untar-
se de salsa barbicue para poder hacer la escena del mendigo, porque

era una película de bajo presupuesto y entonces, después de enseñarle la foto del poster de la película en su teléfono, el paraguayo le dijo: y lo mejor de todo es que la niña con la que trabajo en la película es de la iglesia, porque esta película es para mi iglesia, se va a casar conmigo sin pedirme nada a cambio, yo le conté mi historia y ella se va a casar conmigo, sin que tenga yo que darle nada a cambio, repitió, y en ese momento al paraguayo se le llenaron los ojos de lágrimas y le dijo Dios es grande, bonita, dos años llevo pidiendo por esto, y esta niña que se llama Cecilia, y es verdaderamente un ángel, se va a casar conmigo en dos semanas y ya, después de eso el *social security*, el permiso de trabajo y la residencia, y ya, me regreso para Paraguay, me entendés, y ella se acordó de la cara de felicidad del paraguayo y le dio tristeza por ella y por él y por todo y pensó que de conseguir el cadáver podría pagarle la deuda al colombiano ese y luego se acordó inmediatamente de uno de sus textos en la obra y lo dijo en voz alta, recitando de manera acelerada y plana, como se lo había aprendido, porque solo así se podía ella aprender textos difíciles, y pensó enseguida en el director de la obra que ya borracho, luego de cantar en el karaoke, dijo, yo creo que Calderón de la Baraca era gay, y eso había provocado una pequeña discusión entre él, el ecuatoriano y un español que llegó ya casi al final de la noche, y que había insultado al paraguayo por no saber servir cerveza, y que a gritos replicó, claro que no era gay, así como no había ningún incesto en esta obra, tú todo lo interpretáis muy mal, a lo que el argentino solo contestó, hablás boludeses, Antonio, y entonces ella se dio cuenta de que había llegado a su estación y se bajó al apuro del tren, casi cuando ya se estaban cerrando las puertas, justo cuando la vocecita repetía *stand clear of the closing doors* y mientras cruzaba la cuarenta y dos, a poco de llegar a su casa, se tocó la oreja y se dio cuenta de que se le había caído el arete y pensó en la española y pensó en mandarle un mensaje al colombiano pendejo ese con el que estuvo cuando recién llegó, y luego dijo no, qué pereza, y entró al ascensor de su edificio y dudó un segundo, cuál era su piso, y luego aplastó el seis y entonces sonó su teléfono y ella lo apagó y cuando abrió la puerta de su casa se encontró con el aullido de su gata, que estaba en celo, y pensó pobre barbarita, le pasa lo mismo que a mí, quiere un pene y luego se rió, se rió con una carcajada plácida y fue al baño y después de vomitar se metió a la cama y le agarró las tetas a la gringa y se la montó encima y le dijo que la quería, que la quería como a nadie había querido antes, y se quedó dormida mientras hacían el amor.

2. Pedicure filipino *(Beware of the man who works hard to learn something, learns it, and find himself no wiser than before)*

El agua azulada circulando con una vibración perfecta alrededor de nuestros pies. La mujer filipina sacando con delicadeza, con una delicadeza de hada, nuestro pie del agua para tocarlo, para romper con su herramienta fina los callos que se nos habían formado en el dedo gordo. Convenciéndonos de optar por el masaje de treinta minutos, el que se extendía hacia nuestras pantorrillas, el que incluso podría llegar hasta nuestro cuello, pero cómo, cómo íbamos a poder pagar el masaje si apenas nos alcanzaba para el pedicure, y cómo habíamos llegado hasta allí, cómo estábamos los tres, sentados en la Quinta Avenida de Nueva York, en sillones que nos masajeaban el cuerpo mientras mujeres filipinas con trajecitos blancos y nombres como Sunny o Lilly o Linna, nos tocaban los pies y nosotros solo atinábamos a reír con nuestras risitas nerviosas y a pensar que ojalá no se acabe, que por favor ojalá esto no se acabe nunca.

Salimos del repertorio después de un ensayo de mierda. Y digo de mierda porque el gordo, el venezolano, que ni siquiera es el director, sino su asistente, se pasó el ensayo diciéndonos que debíamos ponerle más intensidad al asunto. Eso decía. Más intensidad al asunto. Y qué carajos significaba más intensidad. Qué quiere decir este tipo cuando habla de intensidad. Porque seguro para mí la intensidad es otra cosa. Pero en fin, el gordo en algún momento dejó de darnos órdenes. Y se envolvió en una discusión con el director sobre el concepto de la obra. Lo cierto es que nosotros nos embarcamos también poco a poco en una conversación particular y de pronto, sin saber cómo, estábamos todos hablando de la situación migratoria de Cosme, el peruano que se había ausentado ese día al ensayo y al que el repertorio le había negado los papeles de respaldo para que pudiera solicitar una visa de trabajo, y cada cual opinaba, y el gordo que se metía en todas las conversaciones, decía, el Cosme no es profesional y punto, y para mí se es bueno o no se es bueno, porque en tu tumba puede decir fulanito de tal es buen tipo, pero eso no te hace un buen actor, y el paraguayo en eso nos dijo vámonos, y yo miré a María que estaba desde la mañana esperándome en una de las butacas del teatro, y le respondí vamos, total el ensayo ya se había acabado, y agarramos nuestros tereques y salimos a la Quinta y prendimos un tabaco y vimos un espá y dijimos qué chuchas, hagámonos un pedicure.

Antes de eso, mientras las dos horas de ensayo se consumían entre los gritos del gordo y los intentos del director porque el gordo lo escuchara, el paraguayo, al que le decíamos el pescadito, y sobre cuyo apodo ahora no es posible dar mayores explicaciones, me dijo, y tú, Tati, ¿has sido siempre gay? Y antes de que yo le contestara, antes de que dijera nada, me dijo, o sea, ¿te gustan las mujeres o es que eres una bohemia loca? Y yo me reí, y luego quise responderle, pero él se adelantó y me dijo, porque no te niego que yo he pensado, no te niego, Tati, que he tenido pensamientos que han venido a mi cabeza, cómo decirte, de hombres, de hombres chupándome la pija, pero de ahí, cómo te explico, Tati, lo que pasa es que a mí el cuerpo de la mujer me gusta mucho y si la mujer tiene menos de veinticinco, mejor. Y yo me quedé callada, pensando que yo había tenido veinticinco años hace tanto tiempo y, en seguida, me dijo, chuta, Tati, es que cuando son chiquitas, a mí me gustan cuando son chiquitas, y en eso el gordo le dijo, oye, pescadito, ponte a trabajar, mijo, y luego salió una cubana insultando a alguien y el gordo la siguió y el pescadito me hizo otra vez la pregunta, y a ti, Tati, ¿siempre te gustaron las mujeres? y sin que pudiese responder, él me dijo, porque a mí no hay nada que me guste tanto como el cuerpo de una mujer, Tati, nada, nada, y en seguida me preguntó, ¿a ti te han dado por el culo, Tati? Y antes de que pudiera responderle que sí, que tuve un amante obsesionado en dar por el culo, al que en algún momento de cólera extrema le grité, maricón de mierda, y eso él no me lo perdonó nunca, antes de que pudiera yo responderle eso, él ya me estaba diciendo, porque a mí no me gusta, Tati, a mí lo que me gusta es la chucha cuando todavía está cerradita, por eso me gustan las niñas de veinte, y yo pensé que a los veinte yo ya de cerradita nada, y en fin, le escuché y le escuché hablar lo que restó del tiempo, y contarme de su *roommate*, de cómo después de llegar de su trabajo, que era en la construcción, su *roommate* se subía encima de él y le hacía masajes, y cómo él se excitaba y se masturbaba y me contó también que, una sola vez, que casi se mete con una vieja de treinta años que quiso con él, y él cuando la vio desnuda pensó, no puedo, a esta mujer la vida le ha pegado duro y le dijo que no podía darle, no puedo, le dijo, no tengo preservativo, y ella le dijo, por favor, Pescado, dame, y él le dijo no, y cómo ella terminó mamándole la pija, y él sintió que rechazarla había sido la mejor decisión que había tomado en la vida, y también me dijo, en algún momento, que lo que él quería ahora era estar con dos mujeres, que eso sí que le atrae, que daría lo que fuese, y yo pensé, talvez quiera estar con nosotras, y por eso me dice eso, y le miré el brazo y pensé que su brazo era tan masculino, con tanto pelo, y me excité un poquito y le rocé con mi mano y él me dijo, en lo que sí creo, Tati, en lo que yo sí creo, Tati, es en la fidelidad, porque cuando yo encuentre a mi mujer y me case, Tati, ahí sí se acabó, y no es que yo sea un romántico, no, que yo sé que la pasión se acaba, pero ahí es que hay que aceptar que lo mejor que puede haber en una relación, con los años, es una amistad con polvo de vez en cuando, y ya nada, Tati, habrá que aguantarse, y dime a mí, dijo, dime a mí que me he aguantado algunas, Tati, y a la final me he tenido a veces que conformar con lo que cae, porque en tiempo de guerra cualquier hueco es trinchera, Tati, pero una vieja nunca, y mira que también he tenido que estar con mujeres feas, pero eso no ha sido tampoco mayor dificultad, porque yo digo fea, pero no vieja, y tú, Tati, ¿tú alguna vez te has tirado a un hombre viejo? Y yo ya no quise responderle, estaba ya confundida con sus preguntas y sus respuestas y toda esa sexualidad que me estaba excitando y dando asco, todo al mismo tiempo, y le dije, tengo que ir al baño, y en eso nos dimos cuenta de que todos participaban de una conversación sobre el Cosme y decidimos irnos de ahí.

Tú nunca te has hecho el pedicure, no puedo creerte, Tati, me dijo el Pescadito, es el cielo, Tati, a mí mamá me llevaba siempre desde niño, a mí me fascina que me toquen los pies, porque ustedes saben, ¿qué es lo que a mí me enloquece de una mujer? Y yo respondí, los pies, y él me dijo, ¿cómo sabés Tati?, y yo le dije, cacho, viejo Pescadito, hace rato que yo me topo con hombres que creen que son los únicos, y que por ello son sumamente especiales, a los que les seduce un pie hermoso, y entonces me vi el pie, y pensé que mi pie se había comenzado a deformar, tal como el de mi mamá, con un callo en el dedo gordo y me vi el dedo pequeño y vi la doble uña que tengo en ese dedo, y pensé qué chuchas y me dio un poco de vergüenza, y la filipina se rió de mi pie, y me levantó el pantalón y yo me di cuenta de que no me había depilado hace unos días y me volvió a dar vergüenza, y vi el pie de María, que era verdaderamente hermoso, largo y flaco, y luego vi el pie del Pescadito, que era, en cambio, horrible y plano, tenía pie plano, y pensé que era un pie espantoso, y en eso la filipina le dijo, *big feet* y él se rió y dijo, qué lindo te está quedando el pie, Tati, mirá si casi sos otra mujer, yo cuando me case le voy a pagar a mi mujer el pedicure y el manicure, la voy a obligar a que se los haga, porque el gusto es de uno, digo yo, el gusto es mío, es que cómo crece la belleza de una mujer, Tati,

cómo se potencia la belleza de una mujer, Tati, y yo me vi las uñas
rojas y pensé que verdaderamente era el cielo que esa filipina me
estuviera tocando los pies, y que me enamoraría de ella fácilmente y
luego le observé el pecho y la camiseta sucia, salpicada de pintauñas
y le pregunté cuánto tiempo llevaba en NY y no me respondió, solo
se rió y me siguió tocando el pie, y luego pintándome la uña y me
volvió a preguntar si quería el masaje de treinta minutos y le dije
que no y luego el Pescadito sacó su cámara de fotos y le dijo a una
de las filipinas que nos tomará una foto, que ese era un momento
histórico, los tres, cada uno en su sillón vibrador, cada uno con los
pies entre las manos de estas hembras encantadoras, y volví a ver las
manos de la filipina tocando el pie gigante del Pescadito y en ese
momento me acordé de mi abuela y de cómo metía las manos en la
masa del pan y cómo eso me llenaba de una excitación extraña, de
cómo no me dejaba meterlas a mí porque decía que la masa se afloja
con más de dos manos, y entonces la otra filipina, la administradora
del local nos tomó la foto mientras la María decía qué papelón, y el
Pescadito me agarraba la mano y todo parecía una escena de alguna
película que bien podía ser la misma que habíamos visto un par
de días antes en un museo, una película con tintes sociológicos y
existenciales, y que tenía entre una de sus escenas más cómicas una
que a mí, particularmente, me había sacado lágrimas de la risa, un
volkswagen pichirilo trataba de subir una cuesta y no lo lograba, y
lo volvía a intentar un sinnúmero de veces, todo esto acompañado
de la música de una banda que también jugaba con la idea de intentarlo, de intentarlo y nunca lograrlo. La película se llamaba *El ensayo
latinoamericano*. Y enseguida pensé que era muy raro eso que me comentó el Dani, eso de conseguir un cadáver para hacer una película
hiperrealista. Y lo comenté con los otros. Y les conté que estaban
ofreciendo 600 dólares. Y me acordé de mi amigo, el policía con
el que me acosté una vez. Y le mandé un mensaje preguntándole si
tenía un cadáver. Y todos nos carcajeamos e hicimos planes de lo
que haríamos con esos 600 dólares y salimos del espá perdiéndonos

en las calles de Manhattan, buscando un restaurante paraguayo que el Pescadito insistía en encontrar, pero que no asomaba, y seguimos caminando hasta que nos topamos con un cartelito que, colgando afuera de una librería, decía, *Beware of the man who works hard to learn something, learns it, and find himself no wiser than before*, y nos reímos y ahí mismo, en la vereda, nos sentamos a fumar un tabaco.

3. El chico de las Llaves *(Beware of the dog)*

Nada tenía sentido. Las calles de Bushwick parecían, a las dos de la mañana, el paraíso y el infierno, todo revuelto, todo al mismo tiempo, ocurriendo de manera caleidoscópica. Oscurecidas y desamparadas, las veredas estaban rodeadas de dibujos, grafitis que se sacudían revelándonos secretos liados, puntiagudos, pedazos de secretos, trozos de luz doblados en papelitos de color brillante. Grafitis que eran caras y eran animales, y niños gigantes siendo atacados por titanes grises de cuyas manos caían piedras y duraznos, monstruos que tomaban de la mano a princesas japonesas con cerquillos rectangulares y con frases que decían *go, please, go call your mom*. Grafitis de cuevas y castillos y de mujeres pariendo manos con antorchas de fuego negro, y por ahí, en un doblez, atravesando una pared blanquísima, la cara de un tipo que tenía inscrita en la mitad de su frente la frase

the past meet the future

y era una cara pintada en tonalidades de negro y rojo, una cara desintegrada, una cara de horror, seguida en el edificio de al lado por una víbora de colores, que también podía ser una salamandra, o un escorpión gigante que trepaba los ladrillos azulados de la pared, de una pared inmensa y de cuyas entrañas escupía como perlas rojas, gotitas de sangre.

A la vuelta, una mano también enorme, que en cada dedo tenía inscrita una palabra, *bread, bills, insurance, room, domino*, y que tenía cortes en las venas de su brazo, cortes profundos de los que salían notas musicales que también podrían haber sido figuras de ajedrez. Entre las sombras de los postes de alumbrado también vimos, esto fue singularmente inquietante, una lechuza, una lechuza enorme, pintada de café y verde, con un ojo aguado, como un ojo de mar y en el otro ojo, el dibujo de un reloj. La lechuza tenía una suerte de banderín encima suyo que decía *never satisfied*. Sí. Eso decía, *NEVER SATISFIED*.

Grafitis salpicados por luces de neón, por sirenas policíacas, por el flujo de poetas y matones, grafitis que me hacían pensar en el apocalipsis y también en la revolución, en algún tipo de revolución que estaba ahí, que sucedía en ese instante, en la interacción de esos personajes cernícalos y nosotros, una batalla que ocurría en este milagroso santuario de vates, y que se precipitaba cada que los dedos del chico metían sus uñas negrecidas, largas, sueltas, en picaportes de acero.

Saltando así, de ese modo, entre los tímpanos desnudos de ogros y gatos, guiados por los disparos de las cuadras dibujadas, llegamos a un bar con karaoke en el que quedaban un grupo de hipsters cantando *New York New York* y que lo hacían con la arrogancia de saberse en ese momento los héroes de ese mundo, y de esa canción, porque sí, porque estaban en New York, la ciudad que no duerme y ellos se derrumbaban bailando, ese lunes a las tres de la mañana, con sus computadoras prendidas, bebiendo y cantando desentonadamente entre gritos toscos y borrachos. Y nosotros los observábamos desde la calle y bailábamos alegres y tomábamos de la caminera de whisky que el chico de las llaves llevaba en el bolsillo, como llevaba también sus tres teléfonos, su iPhone, su cámara de fotos y un lapicito para dibujar y, claro, la navaja.

Así, de ese mismo modo, esquivando los proyectiles de cada grafiti, llegamos también a la casa del ecuatoriano punkerito, el chico de las llaves abrió la puerta con precaución porque al punkerito lo habían operado recién de apendicitis y estaba adolorido y cojo y no podía abrirnos la puerta él mismo. La casa resultó ser un galpón que servía para conciertos punk y ceremoniales shamánicos y en la que vivían, además del ecuatoriano, dos peruanos y tres gatas de nombres jacki jonsonson, keiko suchia y morgancita páez, nombres que anoté en mi libreta como anoté cada cosa esa noche. Y después de escuchar cómo el punkerito se cambió de nombre para que lo operaran sin cobrarle una bestialidad, porque no tenía seguro, nos subimos al techo, al que se podía subir solo por el lado izquierdo de las gradas, porque el lado derecho se había caído, en alguna fiesta, en alguna borrachera, en algún desmadre, alguien se llevó las gradas.

Y nos fumamos con él un chafo enorme y contemplamos las luces de Brooklyn, algunas completamente prendidas, otras titilando todo el tiempo, y el chico de las llaves preguntó si esas luces, esas que se veían en el fondo, eran las luces de una iglesia o eran las luces de un puente, y nosotros, el punkerito y yo, nos quedamos callados como diciendo qué más da, y él insistió, y dijo algo más sobre alguna chica, y alguna iglesia, a lo que el punkerito dijo, no, esa man no está casada, y los dos se rieron y luego el chico de las llaves me vio y yo le dije algo sobre la energía, algo que inmediatamente pensé como impertinente y él dijo que fuéramos a comprar unas cervezas, y retomamos el camino, y en uno de esos virajes de esquina el chico de las llaves me agarró de la mano y me preguntó si quería ir al *rooftop* de un edificio cuya puerta también abrían sus llaves, porque dejó allí por años su bicicleta, y yo le respondí de una, y subimos en puntillas miles de gradas y la vista desde el *rooftop* era fabulosa, se veía la ciudad completa, se veía Manhattan y de lo primero que hablamos, no sé bien por qué, fue del desfile del fin de semana, del desfile ecuatoriano en Queens, de las reinas y las vírgenes y luego hablamos de museos y él dijo tengo una idea fabulosa y se le iluminaron los ojos y me habló de niños y de desfiles hechos por niños, pintados por niños, y luego inmediatamente me besó y me alzó la falda y me bajó el calzón y me metió el dedo y me dijo calladita, y luego me metió la verga, mientras yo contemplaba los charquitos de agua que se habían formado en el techo de al lado y me dieron ganas de salir corriendo por los techos de los edificios, pero también me dieron ganas de quedarme ahí quieta porque su verga embonaba perfecta en mi vagina, y luego él se sentó en una de las sillas que estaban por ahí y yo me senté encima de él, de su verga parada y sentía que estaba sentándome sobre el Empire State, o algo así bien idiota, y sentía además que la felicidad estaba detrás de ese paisaje, que se sentía en el aire, que no llegaba aún, pero que se esperaba como algo porvenir.

Luego él se subió el pantalón y yo me acomodé la falda y nos fuimos a recorrer los pasillos de ese edificio viejo, y en esos corredores encontramos puertas que tenían pegados papeles con dibujos o con letras o con signos, todos parecían ser estudios de artistas y yo pensé que sería bonito vivir ahí, y luego vimos una puertita que decía *women*, pero no era un baño y yo me imaginé algunas cosas que podían ocurrir solo entre mujeres, algún lugar que juntara solo mujeres, y luego bajamos por unas gradas oscuras como de otro tiempo y él lo alumbraba todo con alguno de sus celulares y ahí, entre las gradas, nos encontramos con una mujer que parecía dormir en las escaleras, pero que en realidad estaba muerta, y la vimos por unos segundos y luego nos dimos la vuelta y regresamos por el mismo camino hacia las calles, a seguir caminando, a esquivar a los grafitis, a olvidar a ese muerta que tenía una soga amarrada al cuello, una funda de plástico saliéndosele por cada uno de los bolsillos del pantalón y que tenía además el cierre de su bragueta roto.

Y nos topamos con una casa, una casa pequeña que era la única que no estaba pintada y tampoco estaba tomada, o sea, aparecía como una única casa, una sobreviviente de la ciudad parada en medio de cosas grandes, una casita, en medio de fábricas y grafitis y camiones, y la casa tenía un pequeño letrero colgando de la verja que decía *beware of the dog*. Y nos quedamos frente a la casa y yo me acerqué y vi que lo que había en la puerta de la casa era una escultura de piedra de un perro que también podía ser un lobo, un lobo que estaba rodeado de plantas de distintos tamaños, un jardín bellísimo, y luego pensé en los jardines, en cómo carajos es que existen los jardines, en lo milagroso que es que existan los jardines, que son lugares en los que crecen otros lugares y él le tomó una foto al jardín. Y a la casa. Y un camión se acercó y el tipo de adentro del camión nos preguntó algo y yo volteé a ver a otro camión que era el camión de basura y a dos tipos grandes, muy hermosos, que recogían la basura mientras se reían a carcajadas y el chico de las llaves me agarró la mano y yo volvía a sentir que nada malo podía pasarnos porque él caminaba como por un laberinto en el que había vivido siempre, y con el olfato, oliendo la basura y los grafitis, él dibujaba con sus pies un camino que aunque parecía errático, era preciso.

Había algo en el modo en el que él caminaba, cómo juntaba las puntas delos pies, cómo rebotaba su pierna cuando asentaba el talón, cómo sonaba el llavero dentro de su bolsillo, cómo distribuía el peso de su cuerpo en cada paso, cómo movía la cabeza de un lado para el otro, en un bailoteo en el que sus lentes se acomodaban solos, cada vez, perfectos, y él miraba hacia atrás, chequeaba, como un perro, no, como un gato, o no sé cómo qué carajos, pero lo cierto es que miraba como un animal, acarreando un ritmo que me hizo pensar que podríamos bailar, ahí mismo, y se lo dije, entonces él puso una canción en su iPhone, y yo vi el nombre de la canción y me dije chucha madre, de este nombre sí tengo que acordarme, ahora mismo no puedo anotarlo, aunque claro que ahora no me acuerdo, pero lo cierto es que nos pusimos a bailar, ahí mismo y yo pensé que podríamos seguir bailando y así fue, porque llegamos a su casa y después de que nos encontramos con la novedad de que su *roommate* había puesto cadena a la puerta, la cadena de adentro, decidimos bailar afuera de su casa.

Luego, finalmente, después de un par de horas, y de haber visto un ratón con una gota de sangre en el hocico cruzar por entre nuestras piernas, el Ceviche, que así le decían a su *roommate*, nos abrió la puerta y entramos directo al cuarto y nos echamos un pipazo de la hierba que nos dio el punkerito, y el chico de las llaves me dijo que en la pipa había residuos de salvia y que eso se sentía como un remolino de escalofríos pero que duraba muy poco, que si eso me pasaba contara hasta treinta y que el efecto se iría, además me dijo que él se sentía ese mismo rato como uno de esos grafitis que habíamos visto y que era un signo o una firma, y que estaba como enrollada, como ondulada en un mar de color amarrillo. Yo lo abracé y pusimos otra canción que recordé cuál era, porque yo misma había comprado ese disco para él y era el disco de *Islands* y bailamos la primera canción que se llama *Swans* y mientras bailábamos él me desnudó y me metió el dedo en la vagina y me besó las tetas y nuestra desnudez era un agujero de espejos metido en ese mar amarrillo y luego me metió la verga y luego más duro y luego otra vez, y yo me vine pensando que esa era la verga perfecta, la verga suya que no eyaculaba nunca y que era de un tamaño exquisito, no tan larga pero de un ancho, cómo decir, del ancho que roza, que toca todo, que ocupa todo el hueco, llenándolo. Y no sentía ni un poquito de ansiedad, porque no había ningún espacio vacío. Y mientras me culeaba, todo comenzó a dar vueltas, las máquinas que ocupaban todo su cuarto y que eran máquinas de foto y de video y de música y computadoras, y toda su multimedia, todo comenzó a rotar, y sus teléfonos y los cuadros que él mismo había pintado y los que no había pintado y los discos y las tarjetas, todas las tarjetitas de todos los contactos que él tenía, y todo como bailando en espiral y yo me vi el cuerpo y me dio cierto pudor, o fue vergüenza, porque mi cuerpo había cambiado, porque tenía treinta y tres años, y mis piernas, mientras él se apretaba contra mí, se veían celulíticas, y mi espalda estaba llena de manchitas y lo vi todo porque yo misma, al igual que el resto de objetos del cuarto, comencé a dar vueltas y a observarlo todo desde todos los ángulos y pensé que estaba volviéndome loca, y me cambié de posición y ahí volví a venirme y luego me salí, me salí del remolino en el que empezaba a asfixiarme, y también me salí de su verga. Y él me preguntó si yo me había hecho un examen de sida y yo me sentí incómoda, pero me hice la que no estaba incómoda y le dije claro, dos veces, luego me dijo todo bien y nos quedamos dormidos y yo comencé a soñar que mi sombra se hacía grande y empezaba a hacerme preguntas que yo no entendía porque eran preguntas con palabras que juntas no hacían ningún sentido. Y me desperté sintiendo que no podía mover el brazo y de hecho no podía mover el brazo, y me asusté, me asusté tanto que di un pequeño saltito, él se dio la vuelta y me olió y me volvió a meter la verga y desde entonces todo se puso de una velocidad vertiginosa porque yo tenía que agarrar mi tren para Minneapolis en tres horas. Salimos de su casa luego de comer unas chuletas semi crudas y recorrimos las mismas calles en las que habíamos bailado la noche anterior, pero todo parecía muy diferente, los grafitis eran pequeños y algunos me parecieron excesivamente violentos y me provocaron cierta náusea, entramos en un *art shop* y él compró un cuadernito pequeño y le pidió al dueño del local una tarjeta y le preguntó por los grafitis y el tipo dijo que el artista que los hacía, al menos el que había hecho la lechuza, era su amigo, y que lo buscara en la red, que su dirección era creatureswillkill.com y empezamos a caminar hacia el tren y vimos una fábrica de bebidas, y luego vimos otra fábrica y un montón de hombres todos ellos negros o latinos fumando a la intemperie, con sus cabezas cubiertas con sombreritos y con guantes de plástico. Finalmente entramos al *subway*, pero el tren se demoró y nos sentamos en un banco y mientras esperábamos, el chico de las llaves dibujó en el cuaderno nuevo. Y para hablar de los dibujos debería yo primero decir que sus dedos al apretar el marcador, que en ese caso era un subrayador verde, dominaban, dominaban la pelota, el terreno, la cancha y entendí por qué sus manos me habían gustado tanto desde el primer momento en que las vi abrir la navaja la mañana anterior en el local de antigüedades en el que nos habíamos conocido. Y primero dibujó símbolos y líneas y jugamos tres en raya y luego empezó en cada hoja a dibujar una cancha, o sea una cancha de básquet o de criquet y yo tenía que adivinar de qué era la cancha, y se tornó muy divertido el asunto de las canchas, porque luego fueron tableros y luego eran abstracciones de juegos que yo debía adivinar y finalmente dibujó un cuadrado, y ese era el ring, el ring de box, y yo sabía que era su último dibujo. Un ring de box.

Subidos al tren, hablamos de sexo y yo comencé a mojarme y él comenzó a chequear los mensajes en sus celulares, que eran todos mensajes de cubanos y ecuatorianos y peruanos que preguntaban por él, y por las llaves, que para abrir esto o para presentar lo otro, *dnd estn las llaves*, decían los mensajes, y cuando nos dimos cuenta de que estábamos muy lejos todavía de la estación del tren que me llevaría hasta Minneapolis, nos bajamos y tomamos un taxi, de esos que separan la cabina y la parte de atrás con un vidrio, y en un momento de tráfico en el que el taxista árabe hablaba por teléfono, y en el que parecía que el no entender ese idioma nos ponía a nosotros en otro lugar, el chico de las llaves se sacó la verga que estaba parada, se la sacó por el cierre abierto del pantalón y yo me subí la falda y me senté en su verga y así fuimos, moviéndonos discretos en ese taxi que avanzaba lento por el tráfico de Manhattan, hasta que llegamos a Penn Station y nos zafamos despacio y nos bajamos del taxi y él me dio una caja con tres cassettes y un *walkman* para que escuchara música en el tren porque mi iPod se había podrido, y nos dimos un beso y yo pensé la puta madre, me quiero quedar y no me acuerdo si se lo dije, pero él me agarró de la cintura y me acomodó la falda y después de hacer eso sacó el cuadernito y dibujó en las primeras páginas, en dos páginas que había dejado en blanco, dibujó dos personajes que bien podíamos ser él y yo, pero como caricaturas, y me dio el cuaderno, y me besó en la boca y yo sentí que le podía decir alguna estupidez, que en ese momento podía decirle algo así como te amo, pero solo le dije qué bonito y tomó otra vez su cuaderno para dibujar algo más y yo pensé que su mano dibujando era como un atentado, como un asesinato, eso pensé, ese resaltador como un cuchillo o como una cuchara o como la flecha o como un destornillador, como las cuchillas de su navaja y pensé en perderlo, en perder el tren, en inventar algo en ese instante, una mentira redonda que calzara para solucionarlo todo, mi hijo y mi esposo que me esperaban en la estación de tren, la beca y todos los compromisos de la universidad. Pero ya no era posible, estábamos los dos atrapados en una fila que corría y él se despidió con otro beso, pequeño, y yo me subí al tren, y me senté en la primera fila, y le mandé un mensaje a la Tati, que andaba en búsqueda de un cadáver para una película hiperrealista y ofrecía dinero por ello, un mensaje que decía, *mujer muerta en 29 dean street, edificio gris con grafiti de seperpiente, escaleras de emergencia, parece madre y tiene una soga al cuello. Mándame mis 200. Jaja.* Y agarré el *walkman* que él me había regalado y lo prendí y tuve que viajar veintidós horas en un asiento sin ventana, por atrasada, veintidós horas a lado de un man que no dejó nunca de chequear en el gps de su iPhone y de repetir, falta poco, falta poco para llegar. Veintidós horas pegada a unos audífonos en los que sonaba alguna canción de Bon Jovi o de Roxette. Sí.

De Roxette.

Tríptico de la madre

1. Retratos en los que mi mamá no mira a la cámara pero sonríe (el orden de mamá)

La casa de mi madre era una casa llena. Vaciarla no resultaría tarea fácil. Se había cargado, poco a poco, con el paso del tiempo de adornos y de fotos. De muebles y de fotos. De alfombras, de ceniceros, de canastas, de telas, de cuadros, de floreros, de juegos de té, de espejos, de regalos que nadie había abierto, de las camisas y camisetas y zapatos de los que ya no estaban, y claro, como no, de más fotos.

Son las mujeres las que guardan las cosas, me imagino yo. A ellas les corresponde crear un orden. Mi madre tenía ahora sesenta años y un novio de treinta y dos. Un joven extranjero y con espinillas, que la había convencido de dejar la casa para transformarla en una escuela de yoga. Mamá me había pedido, antes de partir para la India con el joven, que empaquetara sus fotos con el mayor cuidado, clasificándolas cronológicamente. Así indicaba el papelito en el que había numerado mis tareas: 2. Retirar las fotos y ordenarlas cronológicamente.

Comencé por una de las paredes del pasillo. Era una pared en la que se habían ido colocando fotografías familiares. Y lo que en principio debió tener alguna disposición elemental, algún equilibrio, algún criterio de simetría, era ahora un conjunto de retratos superpuestos que en su acumulación habían dejado apenas minúsculos espacios vacíos, residuos por los que respiraba la pared, asfixiada como estaba, del tiempo pasado. Y nosotras, en las fotos, compareciendo en esa puesta en escena con la que se narraba nuestra vida. Facies estáticas que garantizaban la existencia de todo lo que mamá creó. Sacar las fotos, mi ocupación en ese momento, representaba ir descolocando de a poco un mapa, un grupo de territorios conquistados por sus tacos, y que a mí me pesaban lo que pesa la memoria, o la tierra o un cuerpo muerto.

En una de las fotos centrales, la que salió primero, aparecía yo vestida de monjita sosteniendo mi libro de primera comunión. Me acompañaban mi madre y mi abuela. Una a cada lado. Mi abuela satisfecha. Plácida. Con su barriga redondeada por una falda demasiado apretada. Cargando orgullosa en una de sus manos el rosario que me regalaría ese día. Mi madre viéndome a mí. Con esa manía suya de siempre ver a alguien más en la foto. Como diciendo: esta foto no va sobre mí. Pero la foto sí iba sobre ella. Siempre. Ella con su peinado hongo y su pelo negro. Mirándome con una sonrisa arqueada como justificándose por ese disfraz de monjita que yo llevaba puesta. Como diciendo lo siento. No he querido. Es por la abuela. Pero claro que no era por la abuela. Yo con mis manos juntas y simétricas sobre el pecho, mirando a la cámara. Nada más. Ninguna expresión en la cara.

En la siguiente foto, mi mamá y yo con trajes formales y pintalabios rojos. Asistiendo a algún matrimonio. Su pelo blanqueado y con rayitos negros. Sosteniendo un cigarrillo. Las manos regordetas repletas de anillos de oro. Yo con maquillaje en la cara. Con pelo corto y pintado de rubio. En esa foto no parezco yo. Lo han dicho todos los que la ven. Las tetas grandes estrujadas por la tela de la chaqueta tampoco son mías. Son parte de un sostén que traía unas colchonetas gigantes en su interior y que me regaló mamá para que lo usara ese día. Lo único que reconozco mío es el prendedor que asoma en uno de los lados del *blazer* verde. Es un prendedor que tiene una piedra azul que brilla intensamente. Y que se me cayó en el carro del chico con el que me fui esa noche. Las dos sonreímos.

Yo miro a la cámara. Ella no. Ella me mira a mí. Al descolgar la foto y darle la vuelta encuentro una fecha: 1993.

En la foto de al lado estoy embarazada. Levanto mi blusa para enseñar mi barriga. Mi madre observa mi barriga complacida. El accidente ha torcido su nariz y su perfil es ahora curvo. Lleva un vestido negro. Estamos paradas delante del espejo inmenso que cuelga de la pared de su sala. El espejo que le heredó la bisabuela. El de filo plateado. Yo con el pelo negro y largo. Larguísimo. Ella con el pelo largo también, pero con moño. Y con su frente inmensa brillando. La luz que entra por la ventana pinta la foto de un tono anaranjado.

En la siguiente foto estamos mi mamá y yo en una calle adoquinada de una ciudad de la Costa. Ella agarra mi mano. Yo voy un paso adelante de ella. Ella mira nuestras manos. Yo miro a la cámara. Las dos vestimos de negro por el duelo. Yo estoy con el pelo agarrado. Ella tiene un pañuelo en la cabeza. Me veo flaca. Tengo dieciocho años. Mi gesto es de desorientación. Es una de las pocas fotos en la que aparecemos de cuerpo entero.

Mi mamá viste un *short*. Sus piernas flacas contrastan con la gordura del resto de su cuerpo. De su brazo cuelga un bolso también negro del que sobresale un periódico.

La siguiente foto es una que nos tomamos para el reportaje de la revista *Familia*. Un reportaje sobre madres exitosas. Mi madre había alcanzado ya su sonrisa de personaje público. El pelo negro y alisado hasta los hombros. El maquillaje justo. Es la primera vez que mi mamá lleva un maquillaje correcto en el que no resaltan los pómulos o los labios por tonalidades excesivamente rojizas. Yo cargo a mi hija pequeña. Mi mamá nos mira a las dos. Yo miro a la cámara. La mirada de mi hija aún no se fija en nada. Mi pelo largo cae en una trenza de la que mi hija se agarra con sus diminutos dedos. Lleva el vestido rojo que mi mamá le compró en México cuando se enteró de que sería niña. Yo tengo puestos los discos absorbentes de leche y eso hace que mis tetas se vean enormes. En mis manos un anillo ancho. El anillo con tres diamantes que me regaló mi mamá el día en que nació mi hija. Al fondo, el aparador donde mi madre tiene su colección de animales de cristal.

El siguiente es un *collage* de fotos. Lo hizo mi mamá. En el centro del *collage* una teta. Parada. Hermosa. Es su teta. El *collage* tiene fotos de alguna sesión que se hizo cuando, de joven, vivió en Nueva York. Un *collage* que yo escondía cuando venían mis amigas a la casa. Un día se quedó escondido y después de años mamá lo volvió a colgar. En algún momento a ella también la avergonzó. Alrededor de la foto de la teta, varias fotos de ella posando con una malla negra. En una, de cuerpo entero y con los ojos pintados también de negro observando sensualmente a la cámara. Su pelo suelto. En otra foto, arrodillada, como rezando. En otra, con las palmas de sus manos, cubriendo su cara. En otra se agarra con ambas manos el pelo mientras mira al suelo. Algunas veces me ha pasado, mirando esas fotos, que asoma una similitud entre ambas que no sé precisamente en dónde está, pero hay algo que es muy similar en las dos. Las fotos están pegadas sobre una plancha de terciopelo negro. El marco es dorado. En la esquina inferior, cada foto está sostenida por un triangulito rojo. Mi mamá dice que ese *collage* es lo que queda de la época en la que fue feliz.

Debajo del *collage* está la foto del matrimonio de mi primo. Salimos mi abuela, mi mamá y yo. Mi abuela acababa de operarse de las cataratas y tiene un parche sobre su ojo izquierdo que le da un aire de pirata. Yo estoy vestida con un trajecito azul y un pañuelo rojo en el cuello. Relamido el pelo con gel. La falda corta y medias nylon color piel. Mis piernas se ven largas y duras. No recuerdo que mis piernas hayan sido tan bonitas como las veo ahora. Agarro del brazo a mi abuela. Las dos sonreímos. Mi mamá mira a mi abuela que está ubicada en medio de ambas. Lleva el pelo suelto con las raíces blancas hasta la mitad y las puntas rubias desteñidas. Blusa blanca y pantalón negro. El pantalón apretado. La blusa de seda. Un collar del que cuelga un relicario que en su interior tiene un mechón de pelo. Un mechón de pelo blanco que me cortó a mí. Yo nací con un mechón de pelo blanco. Mi mamá dice que fue porque su muñeca tenía el pelo blanco. La muñeca que ella guarda hasta hoy y a la que le faltan los ojos.

En otra foto estoy yo graduada de la universidad. Tengo el pelo corto y un cerquillo que me da aspecto de niña. A lado mío, mi compañera Susan. Las dos nos fuimos juntas a la peluquería el día anterior a la graduación. A ella le escalonaron el pelo. Parece que tiene puesta una peluca. Sostenemos ambas nuestros diplomas y sonreímos. Al fondo de la foto aparecen los papás del Tom, mi vecino que también se graduaba ese día y nos tomó la foto. La mamá del Tom era obesa. Su cuerpo está cortado en la foto. El papá del Tom lleva en brazos la cartera de la mujer. Después de tomar esa foto, intentando tomarnos otra, el Tom dio dos pasos para atrás y se rodó las gradas. Aunque se lastimó un poco la cabeza, pudo proteger la cámara. Me imprimió las fotos y me las regaló un día antes de que regresara al país. Mi mamá mandó a enmarcar esa foto con un filo blanco de madera, lo cual la hace resaltar por sobre el resto de fotos enmarcadas todas con filos dorados.

En la foto de la esquina estamos mi mamá, mi hija, mi perra y yo en el campo. Salíamos de una función de títeres. Mi hija tiene tres años. La perra mira asustada entre las manos, aún torpes de mi hija, que la sostienen. Mi mamá me mira. Tiene el pelo corto. Su frente brilla por el exceso de base de maquillaje. Yo miro a la cámara. Llevo puesta una chompa negra. Tengo la cara pálida y angustiada. Cara de chuchaqui. La noche anterior había sido la despedida de una amiga y había jalado cocaína por primera vez. Estamos las cuatro sentadas sobre un ancho banco de tierra.

Debajo de esa, aparezco yo parada delante de mi carro. Del Honda Accord que heredé de mi papá. Mi papá murió en un accidente aéreo cuando iba a París para hacer uno de sus negocios. Nunca se encontraron los restos del avión. Nunca se supo cuáles eran sus negocios. Su esposa me entregó su auto, el resto se lo quedó ella. En la foto aparece también Cassy, la gringa que vino un año de intercambio y que mi abuela sacó de la casa cuando supo que era lesbiana. Mi mamá dijo que no era por lo de lesbiana, sino por desordenada. Yo nunca le creí.

La siguiente es una foto que tiene de fondo la torre Eiffel. Mi mamá sale en la foto con un mameluco verde y gafas. El pelo, cortado un lado chico y el otro largo, le da un aspecto juvenil, tan juvenil que cuando la fui a recoger del aeropuerto me avergoncé de verla así. Está acompañada de una amiga que vive en Londres y de un hombre rubio, del que dice que no recuerda el nombre, pero al que yo he visto en otras fotos de ese mismo viaje. Siempre junto a ella.

La siguiente es una foto de mi hija y yo. Mi hija debe tener unos seis años. Estamos sentadas sobre la hierba y alrededor nuestro aparecen hojas de rosas. Esa foto es parte de una sesión que nos hizo una amiga fotógrafa y en la que también hay fotos de mi hija y yo desnudas. Me acuerdo que mientras mi amiga nos tomaba una foto desnudas, mi hija se puso a llorar. Y luego no quiso tomarse más fotos.

A lado de esa foto, una en la que salimos mi abuela, mi mamá, mi hija y yo. Esa foto es tomada en un día de la madre. Justo un año antes de que se muriera la abuela. Mi abuela se murió un domingo día de la madre. La foto la tomó mi primo. Mi madre me mira, yo miro a mi hija recién nacida en mis brazos y mi abuela sentada al otro lado, mira a la cámara. Tiene el rostro arrugado pero no se advierte en él ningún rastro de dolor. Tenía para entonces los huesos de su cadera rotos. Murió de cien años.

La siguiente, una foto de mi bisabuela, mi abuela y mi mamá. Mi mamá es adolescente y tiene el pelo largo y lacio recogido por binchas a cada lado. Mi bisabuela y mi mamá están paradas junto a mi abuela y la observan, ella está sentada en la silla de su piano. Se observa, detrás de mi abuela, el piano. El piano que mi abuela vendió para irse al vaticano a conocer al papa. En la esquina del marco de esa foto está colocada otra foto, una foto tamaño carnet de mi primo con su gorro marinero. Y frente a la cual mi tío se ponía a llorar. No sé por qué lloraba mi tío, pero mi primo regresó a los pocos meses de su aventura en la marina. Parece que extrañaba mucho a su familia.

En otra foto, yo y mi mamá asomamos en algún paisaje costanero. En una carretera. Estamos arrimadas a un poste de madera que tiene un letrero de cerveza club. También asoma a un lado de la foto un bus que tiene escrito la palabra ejecutivo. Yo tengo el pelo corto, pintado de café claro. Sonrío. Mi mamá me observa. Es otra de las fotos en las que el gesto de mi mamá al mirarme es de admiración. El vidrio que enmarca esa foto tiene una fisura que lo cruza y, cubriendo la fisura, lo atraviesa un pedazo de cinta *scotch*. Saco la cinta con cuidado. Y dejo que la foto caiga de mis manos, rompiéndose, trozándose, atrapadas quedamos ambas en una geométrica telaraña que guardo en la caja junto al resto de imágenes.

La que le sigue es una de las pocas fotos en blanco y negro. Estamos en algún páramo. Un paisaje andino.

Yo debo tener unos cinco años. Mi mamá está arrodillada. De perfil. Su pelo largo ondulado desarreglado por el viento. Lleva puesto un saco con cuello tortuga y unos jeans. Su mano estirada toma la mía. Yo agarro sus dedos haciendo puño. Estoy dando un paso. El cerquillo me tapa los ojos pero mi gesto sugiere una sonrisa. La foto la tomó un novio suyo que era fotógrafo. Mi mamá dice que esa foto es emblemática de nuestra relación. Si uno se fija bien en la foto, no se sabe si me está agarrando o está queriendo soltarme. Ahora que la miro de cerca creo que soy yo la que no quiero zafarme, mientras ella, por el contrario, quiere soltarse. Me mandó una copia de esa foto cuando estudiaba en Estados Unidos, y me sugirió que la pusiera en mi escritorio. No la saqué del sobre, pero la llevo siempre conmigo.

Así, infinitamente, desfilan el resto de fotos, de distintos tamaños sobre la pared blanca. A ratos me parecen todas la misma foto. Lo que cambia es el peinado. El estilo en el que llevamos nuestro pelo. Nada más. Desfilan como hormigas, como un solo cuerpo, en columnas desordenadas, chuecas, pero que amenazan con invadirlo en su procesión infinita, sostenida y ordinaria, todo. Retratos en los que mamá aparece siempre mirando a alguien más. Bien puede ser a Rigoberta Menchú. O a mí. Normalmente me está mirando a mí. En una contemplación que esconde un signo turbio, impostado. Y que sospecho que tiene algo que ver con la vanidad. Con la pretensión al mirar que tienen las madres a sus hijos. Como extensiones perfectibles de sus vidas. Como espejos, sus ojos de madre, intentando reflejarse en imágenes que prometen algún porvenir. Las voy guardando todas, una sobre otra, sin orden cronológico, en la caja que se llevará mamá al departamento que compartirá con su novio. Y una vez retiradas coloco, en el centro de la pared, la foto del maestro yogui al que fueron ambos a conocer y que ha estado dado vueltas por la casa últimamente, sin encontrar su sitio. Su rostro solitario en la inmensidad de esa pared se enfrenta a todo el barroco que impera todavía en el resto de la casa. Como si de pronto hubiera llegado el vacío. Y fuera a tomárselo todo. A tragarse los objetos atorados en las paredes y en las mesas. Imagino al maestro abriendo la boca y deglutiendo los adornos, las tacitas, los espejos, saboreando los colores de todos los cuadros, lamiendo el polvo estacionado sobre cada portarretrato, eructando trozos de latas y vidrios viejos, y siento un alivio muy parecido a la tristeza.

Madre e hija

Supe entonces lo que supe y una alegría frágil, temblorosa, se instaló en mis días.

AMULETO, ROBERTO BOLAÑO

1. Interior. Cocina. Día.

En esta primera escena se verán solo las manos de la hija (Estela, 35 años). Sus manos, cortando fruta, como un pequeño ritual en el que las manos encuentran su razón de ser. Agarran primero un cuchillo para trozar la fruta. Luego toman la manzana, la pelan y la cortan en rodajas finas. Casi demasiado finas. Colocan los pedazos en un tazón. Luego cogen un pedazo de melón, cortan un trozo grande, lo pelan, y parten el pedazo en cuadrados que colocan junto a la manzana. Lo hacen todo con extrema prolijidad. El modo en el que pica la hija la fruta es lento y preciso, buscando en cada corte la simetría, el tamaño justo, la justa proporción. Acarician sus manos la fruta. Toman luego la sandía, es redonda y pequeña. Cortan una parte, la trozan también en cuadrados, le sacan las pepas y colocan los pedazos, como a todos los demás, en el tazón. Toman un plátano y lo pelan lento, y luego lo dividen en rodajas finas. Al ponerlas en el tazón, las rodajas se resbalan entre los dedos. Luego, sus manos agarran una naranja que ya está pelada, la sostienen un momento y luego la exprimen sobre el resto de la fruta, la exprimen hasta destrozarla con algo de violencia y luego se observa que las manos llevan lo que queda de la naranja a la boca. Se observa solo la boca masticando la naranja. Vuelve la cámara a la fruta. Las manos de la hija mezclan la fruta con cuidado, jugando despacio con los pedazos. Luego toman un frasco de miel, lo abren y apenas rocían un chorro sobre la fruta. Las manos toman el tazón y se alejan mientras la imagen se torna borrosa. Abstracta. Apenas se ve la figura difusa de la hija alejándose con el tazón. No se ve su rostro. Se la observa de espaldas, con su vestido rojo, alejarse.

1. Interior. Aereopuerto. Día.

Desde este momento, las imágenes se observarán en tonos sepias. Como viejas fotos polaroid. Como pedazos de fotos polaroid. Como pedazos superpuestos de fotos polaroid, saturados de blanco. Destiñéndose a medida que ocurre la historia. La imagen como una evocación. Gastada. Con manchas que corroen su color. Los sonidos que acompañen las imágenes también tendrán esas mismas características, esa distorsión que le es propia al pasado. Incluso, los diálogos podrían estar superpuestos a las imágenes. En fin, la idea es la del recuerdo. O la de la memoria. O la del olvido.

Aereopuerto lleno de gente. A lo lejos se ve que aparece la hija con una maleta de cuero pequeña. Vestido gris. Zapatos de medio tacón. La cámara hace una pausa en las manos de la hija, que llevan la maleta. La cámara nos muestra cómo la hija busca a alguien entre la multitud. Después de unos segundos, aparece la madre (50 años), lleva un vestido negro y flojo. La madre le da un abrazo apretado a la hija y, con los ojos llenos de lágrimas, le dice algo. No se escucha el diálogo, pero la hija luce visiblemente incómoda y la madre emocionada. Caminan juntas, la madre tomando de la mano a la hija y arrastrándola hacia afuera.

3. Interior. Cuarto de Hotel. Noche.

En esta escena la madre y la hija entran a un cuarto de hotel. El cuarto es como cualquier cuarto de cualquier *resort* en una playa del Caribe. Dos camas. Sobre cada cama hay un cuadro con alusión al mar. Un velador. Una cómoda. Sobre la cómoda, un espejo. Una puerta. La puerta de un baño. También un balcón.

Silencio. Se miran. La hija mira el cuarto. La madre la mira a ella. La hija entra al baño.

4. Interior. Baño. Noche.

La hija se saca la ropa, mientras se observa en un espejo de cuerpo entero que ocupa una parte de la pared del baño. Cuando se saca el sostén, se detiene en sus tetas. Se toca los pezones. Los aprieta. Le sale un poco de leche. Su cuerpo es el cuerpo de una mujer de 35 años, con visibles marcas del tiempo, pero aún con cierta juventud. Mientras se sigue sacando la ropa, lento, observándose y tocándose, se sienta en el escusado a orinar. Mirándose en el espejo, la hija intenta sonreír, se vuelve a mirar las tetas.

Luego la cámara va hacia su mano. Una toma de la mano que corta un pedazo de papel higiénico y limpia suavemente su vagina. Mientras se observa la secuencia en la que ella tira el pedazo de papel higiénico mojado en el escusado, y bota el agua, se escucha a la madre decir desde afuera:

–Y entonces, ¿bajamos?

La hija, en el baño, rascando su vello púbico, contesta:

–No.

CORTE. OSCURIDAD.

5. Interior. Cuarto de hotel. Noche. Se escucha música, puede ser la música de Arvo Part (Fur Alina).

Semioscuridad. Madre e hija están acostadas. Cada una en su cama. La madre duerme, pero la hija, no. Las tomas nos muestran a la hija acostada en diferentes posiciones. Con los brazos debajo de la cabeza. Mirando al techo. Acomodándose la sábana. Mirando a la madre. Con las rodillas encogidas. Sin sábana. La última toma nos muestra a ambas dormidas. O al menos con los ojos cerrados. Ambas en la misma posición. Ambas acostadas hacia el lado izquierdo y con las piernas semirrecogidas. Bien podrían estar en una misma cama, durmiendo juntas a lo cucharita.

CORTE. OSCURIDAD TOTAL.

6. Interior. Cuarto de Hotel. Día.

La hija sale del baño en toalla. La madre, sentada en la cama, la observa por un momento. La hija se incomoda por la mirada escudriñadora de la madre. Se escuchan sonidos exteriores, voces, música. La madre entra al baño. La hija saca un bikini de su maleta, se lo prueba frente al espejo de la cómoda. La cámara nos muestra la imagen vista desde el espejo. Se observa el vello púbico que el bikini no alcanza a cubrir y las manos de la hija que lo acomodan para que lo cubra. Se pone el pareo. La madre sale puesta un terno de baño negro que tampoco le cubre todo el vello púbico, es como si la prenda le quedara chica. Vuelve a sonar a música que puede ser, otra vez, Arvo Part (Fur Alina).

Se las observa decirse algo. La hija parece molestarse, entonces toma el protector solar y comienza a esparcirlo por la espalda de la madre. Observamos cómo las manos de la hija esparcen la crema en la espalda algo jorobada de la madre. Lo hacen con algo de violencia. Una suavidad que contiene en las manos un gesto agresivo. En un *close up* de la cámara, vemos las manos en la espalda de la madre. Los dedos de la hija que se desplazan por sobre las manchas y los lunares de la espalda. La espalda envejecida de la madre. Después de esa secuencia, que es más bien larga, casi excesivamente larga, la hija devuelve el protector a la madre. No se las escucha, pero se observa que cruzan un par de palabras antes de salir del cuarto.

CORTE.

7. Interior. Restaurante de hotel. Noche.

En la siguiente toma están las dos mujeres sentadas en una mesa, de frente, en el restaurante del hotel.

M: ¿Estás bien?

H: Preferiría que no me hagas esas preguntas.

M: Vinimos a pasar unos días juntas, a conversar, ¿no? ¿Por qué no quieres hablar?

H: Prefiero no hablar de ciertos temas.

M: Te has vuelto muy reservada.

H: Siempre he sido así.

M: Creo que eres muy sensible.

La hija asiente.

M: Muy emocional. Y lo que te acaba de pasar (a la madre se le llenan los ojos de lágrimas).

H: (Molesta) Por favor no llores. Por eso no me gusta hablar de estas cosas contigo.

La conversación es interrumpida por un mesero. Los personajes se callan y entra una música. Un piano. Debería ser, nuevamente, Arvo Part (Fur Alina). Mientras suena ese tema se observa a las mujeres mirar la carta y ordenar. Se observan luego sus gestos. Los de ambas mujeres. Las manos de la hija colocan la servilleta sobre sus piernas, toman su copa de vino y la llevan a sus labios. La madre se ve con la boca manchada por los restos del vino en su bigote. La hija está mirando a las otras mesas. La madre observa a la hija, intentando una palabra. La hija la esquiva. La hija toma más vino. La madre habla. La hija sigue en silencio, mirando un plato de ostras que apenas come. Tocando una de las ostras con el dedo, como aplastándola. La madre la observa con algo de preocupación mientras sigue comiendo. Luego, limpiando con un pedazo de pan el plato. La hija toma más vino, mirando a través de la copa el postre que su mamá se come. Luego, frota sus dedos debajo de la mesa, sacándose un padrastro, mira su dedo sangrar y manchar apenas la servilleta. Después, pellizca sus labios mientras observa a su madre pedirle algo al mesero, señalándole a su madre, seguidamente, un pedazo de lechuga que ésta tiene en el diente. Los pies de la madre buscan sus zapatos por debajo de la mesa, la madre firma la cuenta, la hija la observa, intentando una sonrisa. Luego se ve a las dos saliendo del restaurante, la madre tomando del brazo a la hija, las dos mujeres caminando despacio. La toma se difumina.

8. Interior. Cuarto de hotel. Noche.

Oscuridad total. No se puede ver nada, solo se escucha el diálogo de ambas.

M: ¿Estás dormida, Estela?

H: No, mamá.

M: No puedo dormir. El sonido del mar es muy fuerte.

H: Cuando era niña soñaba siempre que te ahogabas.

M: ¿Ahora qué sueñas, Estela?

H: Nunca supiste nadar y verte entrar al agua me ponía muy nerviosa.

M: ¿Cómo son tus sueños?

H: (Molesta) No sé cómo responder a esa pregunta, mamá.

M: ¿Duermes bien?

M: Sueño, pero no sueño al mismo tiempo. Sueño, pero mis sueños no tienen nada. Están vacíos.

M: Lamento tanto no haber estado ahí.

H: Está bien.

M: Nunca he estado. Es que te fuiste a vivir muy lejos.

H: (Sonando cansada) Está bien, mamá.

M: Seguro lo podrán volver a intentar.

H: Seguro.

M: ¿Lo viste?

H: No quiero hablar de eso, mamá.

M: Pero hemos venido a hablar.

H: Siempre que me preguntas algo así siento que hay cierta morbosidad en ti. Una necesidad de saber los detalles.

M: Tu silencio, Estela, me asustó siempre.

H: A mí me asustan siempre tus preguntas, mamá.

M: Yo

H: No lo vi.

Silencio

H: No lo vi, pero me dijeron que era un niño gordo y robusto.

M: Estela, ¿has pensado tal vez visitar a un

H: Así me dijeron. Y que se murió ahogado en mis aguas.

M: Ellos se demoraron.

H: No. Fue mi culpa. Yo nunca creí en su existencia. Cuando me dijeron que estaba muerto pensé que todo había ocurrido del modo en el que tenía que ocurrir.

M: La culpabilidad.

H: Prefieres que te culpe a ti.

M: Si me aceptaras.

H: Te has transformado en ti. Finalmente, mamá.

M: No te entiendo.

H: Las mujeres más felices, mamá, son aquellas que no se parecen a sus madres. Yo te veo y puedo verme en cada/

M: Estela.

H: Gesto, mamá.

M: Estela, hay muchas cosas que te molestan de mí.

H: No, mamá, solo unas pocas.

M: Quisieras venir a/ H: No.

M: ¿Vas a regresar a tu casa?

H: Por favor, ya no más preguntas.

M: Sabes que siempre estaré para lo que necesites. Eres lo único/

H: Que tienes, mamá.

Silencio

H: Voy a fumar.

Se observa la silueta de la hija salir al balcón.

9. Exterior. Balcón. Noche. Vista al mar.

Las dos, en pijamas blancas que les dan un aspecto de novias (la de la madre más larga que la de la hija) están sentadas en el balcón. La cámara vuelve a detenerse en sus manos, las manos de la hija sostienen el tabaco, las de la madre sobre las piernas, juegan con los pliegues del vestido. Las de la hija aplastan el cigarrillo en un pequeño cenicero, las de la madre se rascan el pie, un pie al que le falta un dedo. La hija mira el pie de la madre. Las dos se miran. La hija se levanta y entra al cuarto, la cámara hace un paneo del mar. Es esa misma toma la que nos traslada a la mañana siguiente, a la playa.

10. Exterior. Playa. Día.

Se observa a la madre desde atrás, parada a la orilla del mar, en terno de baño. Un tanto jorobada. Se la observa entrar al mar. Despacio. Saltar torpemente las olas y chapucear. Luego vemos a la hija observándola desde lejos. Su mirada es una mirada de ternura. O de pena. O de amor.
Corte.

11. Interior. Cuarto de hotel. Día.

La hija entra al cuarto en terno de baño, saca ropa de su maleta. Todo está empacado. Entra al baño.

12. Interior. Baño. Día.

La hija vuelve a pararse frente al espejo y se saca la ropa. Abre el agua de la ducha y entra en la tina. Se sienta en la tina con las piernas cruzadas y se toca los pezones. Se exprime algo de leche.

Toma el jabón y se empieza a jabonar. La cámara empieza a subir y tenemos una toma, desde arriba, de ella, que nos muestra el agua cayendo sobre su cabeza, sobre los pliegues vacios de piel que dejó el embarazo. Luego ella se agacha y esta vez vemos su espalda en la que se dibuja perfecta su espina dorsal. Música otra vez. Puede ser, otra vez, por última vez, Arvo Part (Fur Alina). Aparece en pantalla la siguiente frase:

TODO ESTO ES UN RECUERDO DE ESTELA. UN RE-CUERDO VAGO QUE INTENTA RECONSTRUIR

AÑOS MÁS TARDE MIENTRAS LE DA DE COMER FRUTA EN LA BOCA A SU MADRE ENFERMA. SOLO QUEDAN PEDAZOS EN SU MEMORIA. Y UNO DE ESOS RECUERDOS ES QUE ESE DÍA, EN ESE VIAJE, MIEN-TRAS SE BAÑABA, EN ESA DUCHA, DESPUÉS DE VER A SU MADRE ENTRAR AL MAR, OCURRIÓ ALGO ASÍ COMO UNA REVELACIÓN. ALGO QUE NO SE PODÍA NOMBRAR PERO QUE ESTABA OCURRIENDO ENTRE SUS MANOS Y SU PECHO. ALGO PARECIDO A LA COM-PRENSIÓN. O A LA FE (ERA LA MISMA SENSACIÓN QUE LE PRODUCÍA DE NIÑA JUGAR CON ARCILLA). Y ESO, LO TRANSFORMÓ TODO.

La cámara se ha acercado ahora hasta las manos de la hija que agarra el jabón que se ha suavizado y empieza a aplastarlo, a expri-mirlo como a la naranja. Se la observa hacerlo con concentración mientras el agua le sigue cayendo sobre el cuerpo. Y mientras sus manos hacen esto, se sigue escuchando el tema musical que es Arvo Part (Fur Alina). Y la cámara se aleja. Se aleja hasta que el agua es un chorro abstracto en el que se percibe el movimiento lejano de las manos de la hija jugando con el jabón.

13. Exterior. Playa. Día. (A manera de epílogo)

En la siguiente escena –que mantiene los colores sepias, casi ausentes del recuerdo, tomas manchadas, recortadas, saturadas de blanco–, se observa a lo lejos a Estela en la playa, con una chica joven. Estela lleva puesto un vestido blanco. Largo. La chica está con un vestido rojo corto que apenas le tapa el calzón. No se distinguen bien sus rostros. Solo sus siluetas bailando. Abrazándose. Besándose tiernamente en la boca. Luego se observa que lanzan las dos un ramo de flores al aire, se abrazan, se observa el pelo suelto de Estela. Una trenza larga que cae sobre la espalda de la chica, sus nalgas firmes, que Estela acaricia. Las flores en el aire. Los pies de ambas. Se escucha el sonido del viento y del mar.

Mis animalitos domésticos

Se dicen de mí tantas cosas. Entre ellas, que como a mis animales. Trago pájaros y cangrejos y masco sus diminutas partes hasta que no queda nada de ellos. Nada. Dicen además que como sus partes blandas con pan y que luego trago su sangre, todo lo que hace que de mis pezones brote una pus con la que endulzo los pasteles que ofrezco en cada almuerzo dominical.

Dicen que he parido, he abortado, he lamido la tierra en la que me he revolcado y he vuelto para escupir los gusanitos de los cadáveres que devoré. Los de mis hijos. Mis animalitos domésticos. No soy una madre convencional, aunque de eso nadie está muy seguro. Las madres saboreamos siempre la sangre salida de nuestras entrañas y la usamos como abono de todo cuanto tememos.

Dicen que he sido yo la que he grafiteado, en las noches, avioncitos rojos que han adornado las enormes paredes blancas de la ciudad. Avioncitos cargados con kerosene de víbora y cubiertos con pedazos de cristal. Y que me han pagado para mamarles el pene a los pollitos y a los caballos que iban a la guerra subidos en esos aviones. Que he querido a especies pequeñas y gangrenadas que no tienen nada qué decir y que son analfabetas. Que así las han llamado. A-nal-fa-betas. A esas les he dado de comer mientras lamía sus heridas y juntaba sus retazos de piel. Tengo corazón de madre, de eso no se deben olvidar. *Hush now, baby, baby, don't you cry.*

Y dicen que he escondido ratas rabiosas debajo de mi cama. Dicen también que en las calles, la gente, al verme pasar, me ha lanzado una cantidad enorme de piedras en el rostro y en el torso, y que han visto cómo se me ha reventado la cara y se me han salido los dientes y me han estallado los pechos y se me han caído las piernas y he perdido un ojo. Tome nota sobre eso. La pérdida del ojo en toda historia es muy importante.

También dicen que han visto que a mi casa después de las pedradas ha vuelto mi cuerpo y se ha acostado con mi padre, que es un toro y que tiene unas nalgas redondas, redondas como el mundo y en cuyo gigante ojete yo quisiera esconderme para verlo, desde ahí, todo.

Dicen que además trago a mis perritos anaranjados y que por eso mis eses son siempre coloradas. Que me crecen los pelos de los gatos que devoro y a los que obligo a practicarme sexo oral. Así lo llaman ellos. Sexooral. Pero la verdad, lo único que hago es meterme el dedo entre las piernas y luego dárselo a oler a los gatos, que se vuelven locos.

Dicen además que yo también, entre otras cosas, soy una abogada que salgo, con maletín y tacos, todas las tardes para reuniones ejecutivas en la asamblea y negocio cosas relacionadas con la malnutrición y la adopción de niños y perros huérfanos de las guerras. Y que a veces, cuando pierdo la cabeza de la ira, les caigo a zapatazos a esos muérganos sinvergüenzas que habitan en los ministerios, detrás de escritorios grasosos y hediondos, y que una vez del coraje maté a uno que estaba leyendo el periódico y lo maté a punta de tacazos y le hundí los tacos en los ojos, hasta verlos explotar.

Dicen, que desde que perdí el mío, ver explotar ojos es uno de mis pasatiempos favoritos, y que por eso paso horas aplastando las pupilas moradas de los calamares que me visitan, también los domingos. Si no me apresaron todavía es porque también soy vampira y puedo tragarme el semen de los chapas hijueputas, un semen lleno de sangre, y caerles a besos mientras les agarro la verga con fuerza y locura y ellos me ruegan que pare o que siga, pero yo no les hago caso, solo les friego y retuerzo hasta tragarme el líquido rojo, para escupírselos luego en la cara como una ametralladora que pesa lo que pesan mis tetas, que dicen que son falsas, pero son verdaderas y son gigantes y hermosas, como dos meloncitos maduros, como dos manguitos inflados de gas, a los que alguna vez un pez nacido de mis entrañas agujereó para tragarse su juguito gris.

Y todo esto para recordarle que de mí se ha dicho que adoro a pulpos y fabrico cometas que luego exporto a países del norte, en donde la gente los come y se infla y luego se infla más y no puede sino arrastrarse y vomitar las niguas que dan a luz los cometas, y que de ese dinero es que vivo yo y los míos, mis hijos, del dinero del narcotráfico. Así lo llaman ellos, nar-co-tráfico. Es el dinero de las niguas paridas por cometas y en cuyas cuerdas lanzan las madres a sus niños a volar.

Y hasta dicen que con ese dinero he comprado todos los anillos que brillan en mis dedos, pero que realmente son fundidos de los dientes de oro que extirpé a algún burro cuya verga me enamoró y al que también asesiné.

Y se ha dicho además que mi vagina es como una plantita carnívora, en la que aguardan dos cuchillitas que provocan un placer insoportable a la lengua y cortan. Devoran todo lo que entra y también lo que sale.

Tome nota de esto último. Yo soy un hueco. Un faltante. Por eso tengo una colección de ojos y una colección de discos, y escucho radionovelas mientras limpio mi casa los domingos antes de ir a misa, antes de comerme el polvillo que saco, con mi lengua, de los cuellos de mis hijos y sus uñas, que corto con mis dientes, para que luzcan limpios en cada almuerzo dominical.

Se ha dicho que en mi espalda todas las cicatrices son fruto de la intoxicación de todo el cerdo que me he comido. Entre esos se dice que maté y engullí a mi marido, al hacer que explote uno de los avioncitos rojos que pinté en la pared y en el que viajaba él, y que explotó justo en el océano Atlántico y luego que me tragué su hígado que hedía a conchitas y caracolas de mar. Y que me comí además a una de sus hembras, la ternera Lucy, que a su vez solo masticaba chicle.

Dicen que yo la vi y la besé y me enamoré del sabor de sus mandíbulas que ya no dejaban de sangrar. Y del pelo negro y seco que se le caía. Y que ella también se enamoró de mí porque en lo anoréxica que era, yo le hice por primera vez que tuviera un orgasmo, aplastando sus costillas enormes mientras le chupaba el pelo y me lo tragaba. Y eso, anote, también es muy importante. Porque siempre estuve enamorada de las hembritas de mis machos. Un amor obsesivo y sádico que por fin pude realizar comiéndome sus callos gruesos.

Es que dicen que yo tengo afición por comer pelo y cuero humano, también. Y que me entretengo en sacar los ojos para observar los huecos perfectos que dejan en la cara de mis víctimas. Y porque me encanta engordar la colección de ojos de tanta criatura que he asfixiado bajo mi ala. Y que luego he tragado.

Que yo devoro.

Dicen que yo devoro a todos mis animalitos domésticos.

Mejor si son mis hijos y si los he parido yo (mis pequeños pájaros a los que no dejo volar, pero a los que eventualmente dejaré cantar).

Por algo me llaman mamá.

Caja negra

Estos tres textos, que se arman alrededor de la idea de la caja negra, son escombros: retazos de noticias, correos personales y testimonios que van articulándose con la intención de que desde esa ruina surjan las versiones de lo que pasó. El registro de esta escritura es entonces el interfaz, como superficie de contacto narrativo. Por un lado, un sistema de entrada de datos a partir de los cuales recreamos los escenarios del accidente y por otro, también como sistema que habilita la voz de lo ausente y desde ahí, ensaya el relato.

"Entendiendo por caja en este caso, un receptáculo real, mental o virtual, la denominación de negra, suele aludir a que en ella se guardan asuntos oscuros, trágicos, ocultos o misteriosos."

https://deconceptos.com/tecnologia/caja-negra

Caja negra N° 1

Muerte de una joven anarquista

"La Sole se fue/ de lo linda que era"
INDIO SOLARI a propósito de la anarquista María Soledad Rosas

Para Alexei Páez Cordero

1.

J. La mataron los policías, la asesinaron luego de torturarla, nos torturaron juntas y luego se la llevaron al cuarto de a lado y mientras la violaban, a ellos se les fue la mano. Parece que ella se resistía, o al menos eso pude sacar de conclusión por los insultos que escuchaba.

P. La mataron en Panamá, ella estaba armada hasta las patas y la policía panameña, asesorada por los israelitas que actuaban en todo el continente, fue la encargada de seguirla y a pesar de tener la orden de traerla acá al Ecuador con vida, no pudieron hacerlo porque ella apenas se vio cercada empezó a disparar. Luego se expatrió el cadáver.

A. La mataron compañeros de nuestra propia organización, allá en el encuentro que tuvieron en Panamá. Una noche, después de un altercado en el que no se ha podido sacar en claro qué fue exactamente lo que ocurrió.

H. La mataron los militares, luego de tratar de sacarle información. Murió después de recibir treinta balazos cerca del aeropuerto.

S. La mataron unos tipos vestidos de negro, muy elegantes, que la soltaron ahí, al frente de nuestra casa y le ordenaron correr, y cuando ella empezó a correr, le dispararon, cayó fulminada la pobrecita.

C. A ella la encontraron muerta. Colgada de los cordones de sus zapatos. Al menos eso dice el parte policial que llegó con su cadáver de Panamá. Parece que algo pasó entre ella y su amante, uno de los cabecillas de la organización.

2.

H. Lo que de plano nos hace sospechar de esa versión es el asunto de la ropa, porque la chompa con la que aparece en las fotos difundidas no tiene ninguna mancha de sangre, le cambiaron de ropa, claro que le cambiaron de ropa. Yo le vi los balazos. Yo vi los orificios en su cuerpo. No sé de dónde se sacaron esa ropa, pero no era la suya. ¿Que se mató? Desgraciados. Cómo pretenden que creamos semejante estupidez. Yo la conocía mejor que nadie, yo sé que ella jamás habría hecho algo así.

J. Aquí en la mandíbula nos colocaban unas cuchillas como tenedor y lo iban aplastando de a poco contra la piel. A mí me hicieron tres huecos justo aquí. Parecía salero mi mandíbula. Por los huecos caían gotas de sangre que yo veía formar charquitos en el piso. Y se quedaban ahí, la baldosa llena de manchitas rojas. A ella también le aplicaron el tenedor, pero ella se quedaba como hipnotizada y no decía nada. Una vez me dijo que se ponía a meditar. Así era ella, bien especial. A veces, cuando nos dejaban en paz, ella se ponía a hacer malabares con sus pies. Sí. Ella podía hacer malabares con los pies usando sus zapatos o utilizando nuestros platos. Y lo hacía todo el tiempo. Me contó que lo aprendió cuando estaba en

Italia, ella vivía en una morgue allá en Italia con un novio suyo, eso me contó. También se reía a carcajadas y así también había noches que no dejaba de llorar. Los chapas se cabreaban y venían a callarla.

A. Yo me pregunto si el asunto se agrava por el cenicerazo en el congreso que viene acompañado del secuestro del presidente, la pesquisa ahí se vuelve feroz. Se acordará usted del cenicerazo que le estalla a uno de los diputados, reventándole la cara. Se acordará usted también del secuestro del presidente. Se acordará del asunto de las armas en el avión israelí. Ahí se empezó a derrumbar todo. Se acordará también de la llamada Operación Limpieza. Yo en ese momento estaba en la clandestinidad, pero no era difícil enterarse de todo. Y créame, nosotros no tuvimos nada que ver con el secuestro, aunque sabíamos que iba a suceder. Lo del cenicerazo sí lo fraguamos nosotros, más como una acción poética que con afanes violentos. Bueno… La verdad, claro que las intenciones políticas exigían algo de violencia, pero nosotros en el fondo éramos pacíficos.

P. La figura que interesa en ese momento es la del abogado, el que hacía escritos judiciales gratuitos en todo el penal para las presas que se lo pidieran, el que era muy gordo. Él estaba al tanto del asunto de las armas y colaboraba para ambos bandos. El tipo desapareció, nunca se supo qué pasó con él. Pero fue él quien estableció el vínculo con la policía panameña, eso sí a mí me consta. Él tenía contactos en todo el continente. Y lo que hizo fue genial. Parece que él se enamoró perdidamente de la muchacha, pero ella, ella, como todos ahora sabemos, no se enamoraba de nadie. La primera vez que ella estuvo en la cárcel lo utilizó para obtener información, y claro, para que le ayudara a construir el túnel y luego lo dejó. Parece que él no lo soportó y el resto fue una venganza.

J. Eran muchas las técnicas que utilizaban. Eran verdaderos especialistas. Y los nombres yo algunos me los aprendí de memoria. Eran insólitos. Ellos nos decían, por ejemplo, *¿cosquillas? ¿quieres que te haga cosquillas para que hables?* Yo no me imaginaba a lo que se referían. Cepo chino. O la pera. Ese era tal vez el más doloroso… Era un dolor insoportable en el vientre… Ella lo soportaba mejor que yo.

S. A mí lo que verdaderamente me aterraba eran esas propagandas de la televisión, porque aparecían estos muchachos y la cara ensangrentada y era una barbaridad, parecían monstruos. Pasaban una y otra vez esas propagandas en las que los chicos asomaban como verdaderos asesinos. Yo pensaba que cualquier noche se metían por el balcón y nos mataban a todos. Pero no, yo que la vi le puedo asegurar, ella no era así, ella no estaba armada. Ella no disparó. Ella solo corrió, que fue exactamente lo que ellos le dijeron que haga.

A. Lo de las armas es una estupidez. En Panamá no había manera de andar armado en ese entonces. Y lo que pasó es que fue a hacer un par de llamadas, de lo que entiendo, a su mamá. Ya la estaban siguiendo, eso sí es seguro. Varios espías la seguían. Entró a Panamá con una identidad falsa, le habían dado un pasaporte de alemana, porque había un vínculo con los alemanes, eso es cierto, incluso un grupo vino acá. Y parece que en esa llamada ella le contó a su mamá que lo que estaba pasando en la organización era insostenible. Yo creo que había espías al interior y la bronca que se armó allá en Panamá hizo que ella tomara una posición radical contra algunos de los líderes. Ella no se andaba con huevadas.

J. El otro no me acuerdo cómo se llamaba. Te metían la cara en caca. También te ahogaban. Ese procedimiento tenía un nombre bien bonito, que ahora mismo no me acuerdo. Del que sí me acuerdo es del avión, será porque a mí me encanta volar. Y eso que me he subido una sola vez en un avión. Pero cuando era pequeña mi papá me agarraba de los brazos y me daba vueltas hasta elevarme, y yo volaba.

P. No había nada de malo en que el avión traiga armas, al fin y al cabo, era una situación de guerra. A ver, esta chica, por ejemplo, ella estaba en una escuela de formación para terroristas allá en Panamá, ¿o qué cree, que los muchachos tenían pistolas de juguete? Allá estaban recibiendo el entrenamiento de unos alemanes. Esto no era un juego de niños, por favor. Al ser capturada, sacó de sus bolsillos una *koch 1911*, una pistola con un potencial espectacular que actúa como ametralladora, y que es alemana, señor. **H.** Sí, parece que la traen en un avión dormida, esa es la versión a la que finalmente llegamos, porque ellos nunca la aceptaron. Parece que allá no podían matarla, entonces la durmieron y la mataron después de torturarla algunos días en los calabozos que tenían en La Mariscal. La llevaron por la zona del aeropuerto ya estando inconsciente y le dispararon en plena calle un sinfín de balazos, no me pregunte para qué. Le tenían tanto miedo que decidieron dispararle treinta balazos. ¿Qué creen, que somos idiotas? ¿Qué creen, que somos unas estúpidas? Nos dijeron que la apresaron y la mataron allá en Panamá porque estaba cargada de armas, pero eso no es verdad. También salieron con la estupidez de que se mató. Hasta se han atrevido a decir que se les escapó y que la mataron en una persecución. Desgraciados. No les importó ni el dolor de mi madre que tuvo que someterse ahí mismo en el velorio a sus vejaciones. Pero hay testimonios de policías que la vieron viva acá en Quito. Y además yo vi los balazos, cómo pueden ser tan malos hasta para mentir. Yo vi los balazos y los conté, eran treinta, le repito señor, treinta balazos. Le dieron tantos balazos, yo me pregunto para qué. **A.** No sabemos nada más de ella. Se va a Panamá con un pasaporte falso y lo siguiente que oímos es que la habían matado. Porque sí sabe que a lo que iba era a un congreso de la Facción Indoamericana. Ella no sale huyendo como dijeron en los periódicos. Sale por Colombia con otro nombre, pero sale para participar en el congreso. Era tenaz verle la última época, la *man* no se cuidaba y parecía que ya no le tenía miedo a nada. Después de años yo me entero que la razón de su muerte tiene algo que ver con la pelea entre los compañeros. Y es una pelea que tiene relación con una alemana, que parece que era espía y que cuando llega comienza a cuestionar las acciones de ciertos líderes. Otros dicen que enamora a uno de ellos, al Piquete, que era el líder máximo de la Fracción

Indoamericana, y lo dispone en contra del resto, haciendo uso de la vieja táctica política de guerra "divide y vencerás". Alguien incluso me comentó que ella estaba celosa de la alemana, pues parece que sí se enamoró del Piquete. Lo cierto es que una noche, la noche posterior a su célebre discurso, muere. En medio de la pelea de los compañeros llega la policía, dispara contra algunos, a ella le llega un tiro y bueno, el cadáver es expatriado. Hay poca información sobre lo que sucede esa noche. Acuérdese de que la mayoría de gente que participó del congreso está muerta. Claro, es después de ese discurso que la *man* da allá, que se vuelve una celebridad, sobre todo para aquellos que estábamos metidos en todo este asunto. Sobre ese discurso también existen varias copias que han circulado por ahí, cada una diferente a la otra y hay partes que están en italiano.

S. Lo que sí le digo es que yo cuando me asomé a la ventana lo que vi no fue una pelea, no, señor, fue una balacera. Por qué no nos olvidamos de todo esto, digo yo, a la final los pobres muchachos ya están todos muertos, y digo pobres porque yo me imaginaba que eran fuertes y que tenían un montón de armas, pero cuando les vi en la tele, escuincles los pobrecitos, más daban pena que miedo, no eran los mismos que mostraban en las propagandas. Y a la chica yo le vi cómo corría, pero no le dieron oportunidad, señor, la mataron enseguida. Yo oí que le decían "corré, corré y te salvas". Pero ni bien ella empezó a correr, pum, pum, pum.

J. Esa tortura requería que uno se inclinara, o sea que bajes la cabeza, mientras mantienes tus piernas rectas. Entonces, con los pies juntos, levantas los brazos hasta la posición más alta posible, con las manos pegadas a la pared. Y te obligan a quedarte ahí, a veces también te pegan mientras estás en esa posición. Yo a ratos cerraba los ojos y me imaginaba que de verdad estaba volando, y por momentos sí lo lograba. A ratos lograba elevarme.

P. De todos modos ya en la actualidad a quién le interesa este asunto. Solo a usted, me imagino. Y sí, nosotros teníamos interés en ese avión, claro, porque el avión no llevaba vegetales, como se dijo en un primer momento. Era un avión israelí con armas. Claro que sí. El abogado nos dio toda la información a cambio de un montón de dinero y entonces los israelitas, que ya estaban involucrados en el asunto arman todo el plan. Nadie se imaginó que los muchachos estuvieran tan bien armados tampoco. Que estuvieran recibiendo apoyo de los alemanes. Y claro, la gran mayoría logra huir. Era un congreso de los cabecillas, y le dejan a ella de chivo expiatorio, una vez que descubren que han sido ubicados.

C. Yo no tengo mayor cosa que decirle, lo que le dije le puedo repetir ahora, el parte policial dice que estaba muerta. Que ella había terminado con su vida. Que se presume fue a causa de una disputa con su novio alias Piquete, el cabecilla de la organización. Punto. Eso le puedo informar.

P. La primera vez que el israelí, su nombre ahorita mismo se me olvida, llega al Ecuador es en el año de 1981, ahí empiezan las conversaciones con los militares. El israelí llega acompañado de un actor famoso, ay, vaya pues, tampoco me acuerdo del nombre en este momento, pero ahí empiezan las relaciones y claro estamos hablando de la época del terrorismo, entonces esas relaciones se estrechan, porque, como digo, no traía vegetales el avión. Y los jóvenes no tenían armas de juguete como ahora se quiere hacer pensar. Ellos incluso participaron del secuestro al presidente, y claro que también hicieron estallar los ceniceros en el congreso, ¿se acuerda?

S. Parecía, cómo le digo, como que se había estrellado un avión, el estruendo, porque, además, como vivíamos cerquita del aeropuerto y ya había pasado que se estrelló un avión justito ahí, cerquita de la casa. Pero cuál es la sorpresa, no era un avión, era un carro con vidrios negros, que se choca contra un basurero, y de ahí se baja un grupo de tipos bien puestos, con trajes negros. No eran policías o al menos no estaban vestidos como policías, tampoco como militares. Para serle franca yo nunca he comprendido bien la diferencia entre los militares y los policías, pero en este caso no eran ninguno de los dos. Eran tipos con trajes elegantes los que la bajaron del carro, que era una de esas furgonetas grandes de vidrios negros, ella estaba con una chompa roja, yo la reconocí luego en las fotos que pasaron en la tele. Claro que era ella. La cabeza rapadita, yo le vi porque justo la ventana de mi cuarto, al otro lado, da a la calle.

Y yo siempre he tenido muy buena vista.

A. Yo la conocí cuando ambos comenzamos a frecuentar la casa de la Profe, como le decíamos nosotros. La Profe fue para nosotros muy importante, el problema era que, como tomaba bastante, había épocas que no se podía contar con ella. Yo creo que ella hasta se enamoró de la Profe. Hay quienes aseguran que sí hubo entre las dos algo. El modo en el que mataron a la Profe también fue atroz. Dicen que el que delató que estaba en Esmeraldas era un abogado gordísimo con nombre y apellido árabe, no me acuerdo el nombre, pero él se acercó a la organización y tenía informantes. Parece que fue él quien le pasaba la información a la policía. Él llegó hasta ser secretario del presidente, ¿se acuerda usted del nombre? Ni más se supo de él. A ese *man* deberían buscarle ahora que andan interesados en este caso.

J. Yo estuve como tres meses ahí. Y me los aprendí todos. Ella estuvo unos pocos días. O tal vez semanas. No sé cuántos días fueron en total. No era tan fácil llevar la cuenta de los días. Compartíamos un cuarto pequeño que tenía una jarra en la que podíamos orinar. Había días en que no prendían la luz. Me acuerdo de uno antes de que ella llegara, en el que pedí a gritos que venga alguien porque tenía miedo, pensaba que me había quedado ciega, entonces llegó un hombre que se sentó al lado mío y me dejó que le tomara de la mano. Luego se fue. Cuando ella llegó, no pudimos casi hablar. Es que nos tenían vigiladas. En el cuarto había un espejito que realmente era una ventana desde el que nos vigilaban todo el día. Era rara la sensación de que alguien te esté mirando todo el tiempo y tú no lo puedas ver.

H. Nos entregaron el cuerpo con señales de tortura. Lo que más me impresionó es que tenía rotos todos los dientes, parece que la agarraron a martillazos, yo fui la única que le vi la boca. Yo le vi todo el cuerpo. Le saqué la ropa que le habían puesto esos desgraciados, esa chompa roja, y le coloqué un vestido negro, uno que yo también usaba. También le cepillé el pelito corto. Me extrañó cómo estaba su pelo, lo habían cortado como de diferentes tamaños.

P. Traían armas sofisticadas. Claro, era importante que nosotros también estemos bien armados, acuérdese que además en ese tiempo también hubo dificultades con países vecinos. A los israelitas les interesaba ayudarnos. A ellos les interesaba intervenir en el negocio de las aseguradoras. Es que aquí ese negocio no existía y ellos vinieron con esa idea y el gobierno les abrió las puertas. Era un excelente negocio. Vea ahora usted todas las empresas de seguros que existen. Eso acá no había. Ni seguros de salud, ni nada. Este seguía siendo, después de todo, un buen país para invertir y una isla de paz, si se fija en lo que sucedía en el resto del continente. A nosotros nos correspondía mantener la seguridad, favorecer la inversión y claro, ese era el objetivo del Frente de Reconstrucción Regional, como se le llamó al proyecto. La Operación Limpieza existió, claro, y garantizó el éxito de nuestros esfuerzos.

S. Yo justo había apagado la televisión. Yo en esa época veía una novela que era el último programa que pasaban en el día. Híjole… no me acuerdo el nombre, pero tenía nombre de mujer, eso sí me acuerdo. En esa época no había televisión toda la noche como ahora, no. Te ponían esas líneas de colores en la pantalla, o esa turbulencia como con ese sonido sordo ¿se acuerda? Así que no había más remedio que apagar. Y en eso oigo el choque del carro.

P. Estando interesados en los seguros, se enteran de que teníamos problemas con el terrorismo a raíz del asunto del presidente y ahí, con la experiencia que ellos tenían, los israelitas digo, acuérdese de que ellos han librado esa batalla del terrorismo y en su peor época, entonces se hizo el contacto. Lo hizo el abogado que en ese entonces ya era cercano al presidente. Ellos tenían mucha experiencia. Imagínese la coincidencia, justo ese avión que traía las armas venía de un rescate sin igual.

A. A mí me gustaba oírle hablar. Fue oyéndola que me convencí. Y no puedo decirle yo las cosas que decía porque realmente lo fantástico era cómo decía ella las cosas. Tenía esta afición por los circos, entonces en todos sus discursos hablaba ella con metáforas que hacían alusión al trapecio, a los funámbulos, o los domadores de fieras. Era encantador escucharla. El día en que hicimos la recuperación de uno de los bancos, dio ella una entrevista desde la clandestinidad que dejó a todo el mundo conmovido. Ella no respondía a las preguntas que le hacía el reportero, ella respondía lo que le daba la gana y siempre era como si recitara poemas o cantara canciones, ¿se acuerda usté de esa entrevista? Fue genial. Algo así parece que sucedió en Panamá, los jóvenes que la escucharon quedaron emocionados y tal vez por eso, por el protagonismo que ella estaba ganando en la organización, es que ellos también se asustaron. Y tal vez por eso la matan. Qué se yo. Lo que sí le puedo asegurar, porque las fuentes son completamente confiables, es que la matan ahí adentro.

S. Yo claro que les tenía miedo. Cómo no, si asaltaban bancos y mataban gente, bueno, pero a la final los militares hacían lo mismo ¿no? A todos mismo hay que tenerles miedo. A ese gordo que era el secretario del presidente, por ejemplo, ese con un nombre tan raro, daba miedo de verle, cuando salía en la tele, la cara ocupaba toda la pantalla. Qué época tan rara esa, ¿no?

P. Ese mismo avión venía de un secuestro del que es finalmente liberado, qué bestialidad esa historia es increíble. Porque el avión lo secuestran unos palestinos ayudados por unos muchachos alemanes terroristas también, me parece que eran de un ejército rojo o algo así, quizá eran los mismos que estaban por acá, y luego de no sé cuantos días de secuestro del avión, los israelitas los liberan en un aeropuerto de Uganda, matando a todos los terroristas y a un civil que parece que confundieron por la facha, con terrorista. Lo cierto es que liberan el avión, lo llenan de armas y lo mandan para Sudamérica y en ese mismo avión le embarcan en Panamá a la chica. Que, insisto, ya estaba muerta. Y claro en ese momento se manejan varias versiones para no alarmar a la población. Pero lo cierto es que muere enfrentándose a la policía panameña.

H. Cuando nos llamaron ya estaba en la morgue. Ya le habían llevado allá y le habían cambiado la ropa. Porque le matan cerca del aeropuerto. Yo le abrí la chompa y le vi todo el pecho manchado con quemaduras de cigarrillo, ahí nos dimos cuenta de que la habían torturado y la habían acribillado, tenía tantos orificios de bala en el cuerpo. Lleno de huecos su cuerpo. Nunca más me abandonó esa imagen. La imagen de una persona muerta, señor, es algo que jamás se olvida. Y la sensación en el cuerpo, cuando una hermana se muere… Es como que uno pierde su lugar en el orden, en algún orden cósmico y queda todo como descentrado. Para siempre.

C. No hay más qué decir, señor. ¿Qué quiere que me invente? Fue una cuestión pasional. Y nada es más fuerte que las pasiones humanas. Ni la ideología, señor. Eso es lo que yo sé.

P. Después del asalto del banco y del asunto de los cenicerazos, el presidente personalmente asume las conversaciones con los militares israelitas y los panameños para la captura de los líderes, como parte de lo que se llamó la Operación Limpieza. No liderada por los panameños ni por los nacionales, no, son los israelitas, los mismos de las compañías de seguros. Y nada. Como ya le dije. A ella la siguen. Ella entra a hacer una llamada telefónica y luego de eso la policía se acerca para pedirle los papeles y ella, armada como estaba, saca su pistola, los dispara, trata de huir, pero es herida por uno de los policías y ahí mismo muere. Se encontraron en su poder algunas armas y luego cuando se registró en el hotel, ni le cuento todo lo que se encontró.

J. Un día, luego de torturarla, la llevan al cuarto de a lado. Yo oía las cosas que ellos le decían. Ella en silencio. En un momento dado se dan cuenta de que ella ya está muerta. La violaron, de eso sí estoy segura. Y ella no ponía resistencia, ella nunca ponía resistencia a nada. Era impresionante por su coraje y por su belleza. Era como de otro tiempo su belleza, eso sí. Era como antigua su belleza. Y además era una belleza que se contagiaba. Todo a su alrededor se embellecía. Hasta los chapas. En serio. No se ría, era verdad. Se murió de lo linda que era, creo yo.

H. Estaba como floja, como aflojada, es como si las estructuras de su cuerpo hubieran sido destornilladas. No estaba rígida. Cuando la tuve entre mis brazos la sensación era la de una muñeca de trapo. Mi hermana. Una muñeca de trapo, algo así sentí cuando le cambiamos de ropa. Yo me acordaba del modo en el que ella cosía trajecitos para las muñecas. Todo fue tan absurdo. Todo eso de que se meta a esa organización. Todos esos discursos. Todo el asunto de la Profe. Hasta que viajó a Italia ella era normal, hasta se había graduado de la universidad, pero allá en Italia comenzó con la locura… Pero bueno, me alegra que ahora pasado el tiempo haya gente como usted, interesado en esta historia, tal vez se pueda hacer algo de justicia.

S. Por la propia estructura de la casa, que no era como le ve ahora, no tenía este piso, desde mi cuarto yo pude ver todito. Claro que en ese momento no dije nada, mi marido me advirtió que podíamos meternos en problemas. Él dice que hicieron una llamada acá a la casa, pero yo no sé. Mi marido era bien cobarde, para mí que se inventó ese asunto para que yo no diga nada.

P. Acuérdese que la intención del Frente de Reconstrucción Regional era un proyecto de cooperación entre países hermanos para roer las estructuras de violencia que se tomaban el continente. Y los israelitas nos ayudaban para el efecto. De hecho, fue bastante exitosa la colaboración. Los resultados saltan a la vista. Todo el asunto sobre el secretario del presidente… Yo no cuento con información, de lo que entiendo murió en Miami adonde huyó después del escándalo de los recolectores de basura.

A. Todos estábamos un poco enamorados de ella. Esa es la verdad. Y ahora que usté me pide una definición de la organización,

yo no le puedo dar una. Pero hay algo que un día nos dijo la Profe, o fue ella, ya no me acuerdo, pero cuya frase sí se quedó para siempre en mi memoria, una frase que decía algo así como *el anarquismo es una religión, cuyo ritual es la vida.*

Caja negra N° 2

Lena

La noche del 10 de febrero fue arrestada en la ciudad de Playas la ciudadana Lena F., de 40 años de edad. La mujer se arrancó un pedazo de lengua y luego lo escupió en la oficina del juez penal, como señal de que no hablaría en el caso de la muerte del empresario japonés Keitske C. Tsuchia, y en el que estarían involucrados otros dos hombres cuyo paradero se desconoce, uno de los cuales, al parecer, era novio de la sospechosa. Lena F. guardó silencio durante los dos días que estuvo en prisión. Después del registro de los movimientos de su cuenta de correo electrónico, la policía judicial determinó que quedase en libertad condicional, al no existir pruebas que la inculparan directamente en el crimen, pero a la mañana siguiente, cuando se iba a ejecutar la decisión del juez, la mujer apareció muerta en su celda. La policía alega suicidio, pero hay quienes sostienen que fue asesinato. El caso ha despertado conmoción en la ciudadanía, dada la fortuna y el poder que el empresario, dueño de una cadena de restaurantes y de una de las agencias de publicidad más importantes del país, ostentaba.

- -
- - - - - - - - -

Jose Chavez plchavez1977@yahoo.com
Asunto trabajo
5 de febrero de 2012 13:44

Te entiendo perfectamente Lena, si quieres lo que podemos hacer es encontrarnos el sábado y ahí decidimos, te parece? Mándame también tu cv. Yo creo que funcionarías para cualquiera de los que te podemos ofrecer. Hay unos cuantos cupos disponibles, podrías tú trabajar por las noches? Es más fácil Y a ti además, te gustan los riesgos, cierto? Jaja. El trabajo no es difícil y los tips pueden ser muy buenos.

Entonces, nos encontramos el sábado en los armadillos?

Confirma.

Saludos,

José

- -
- - - - - - - - -
- -
- - - - - - - - -

Lorna Andrea lamar@gmail.com

Comadre!!!

5 de febrero de 2012 13:58

Linda.

Qué pena lo que cuentas. Te entiendo tanto. Lo que tienes que hacer es salir de ahí. A la final, es un tema que tiene que ver con tu salud, no? Y si te vienes unos días para acá, la playa te puede hacer súper bien. Por cierto tienes razón con lo que me dices de las toronjas y ahora que me fijo bien también las papayas son así…. no te parece? Creo que todas las frutas, cuando las abres, parecen vaginas. Y si haces una serie sólo de frutas?

Jaja.

El otro día pensaba que si no te habrías separado, esto no habría pasado. Claro que es una estupidez ese tipo de pensamientos sobre el pasado. Pero bueno, para que te des cuenta que a veces es mejor no dejarse llevar por la pasión….. Por cierto, fuiste esa noche a la fiesta del Juano? Me dijeron que se armó el caos, que llegó la policía y les cachó a los arquitectos jalando en el baño….. para variar. Sabes con quién me encontré hoy? con la Pity que te manda un montón de besos. Ella también vive acá por asuntos de trabajo. Tiene un hijo de la misma edad que el Gastón. Por cierto cómo le va en la escuela?

Yo voy de mal en peor, pero bueno tampoco me quejo, estar tan cerca de la playa es lo que hay comadre! Y ya asomará alguito…………..

Besos por allá. L.

- -
- - - - - - - - -
- -
- - - - - - - - -

Maite Sanchez Sanchezmaiti@hotmail.com
MI Ilusión
5   de febrero de 2012 14:02
Vale la pena leerlo amiga querida. A ver si aprendemos!
Abrazos inmensos!!! http://www..youtube.com/embed/mujeres-arrechas/
P8S23MvzyH4?rel=0

- -
- - - - - - - - -
- -
- - - - - - - - -

Dra. Tanya P. Cabeza de Vaca Tanya@medicity.com **Paciente Lena F.**
5 de febrero de 2012 9: 21
Buenos días Lena,

Ayer en la noche le envié un recuento de lo que trata el diagnóstico, espero que lo haya podido revisar. Llamé a su celular pero no le encontré, era para saber si le llegó la información, intento de nuevo más tarde. Por lo pronto le envío este nuevo correo con el formulario y los datos que debería adjuntar.

Tómelo en cuenta, Lena. Y no demore, mientras más rápido se tome esta decisión mejor.

Por otro lado, los modos de financiamiento son algunos. Si paga con tarjeta de crédito le sube un poquito, pero es conveniente porque lo difiere.

Bueno me avisa cualquier cosa,
Saludos cordiales,
Dra. Tanya P. Cabeza De Vaca
Cirujana estética. Medicity SA
0943654421

Maite Sanchez <u>Sanchezmaiti@hotmail.com</u>
Gran Trueque gran
6 de febrero de 2012 12:23

Quién??? mis amigas, hermanas, cuñadas, mis estudiantes, las amigas de mis amigas, las hermanas de mis hermanas, las hermanas de mis amigas, las amigas de las amigas y así. Todo ser humano dispuesto a reciclar, re usar, regalar cualquier barbaridad encontrada en este espacio.

Y qué más??? Traer algo para comer, de tomar desde agua de manzanilla hasta un vinito por qué no? Compartir, abrazos para recordarnos cuánto nos queremos o nos podemos querer. dónde? En mi casa miravalle km 2.5 urbanización el chaquiñán

Y qué pasará después? Además de andar ligeritas por adentro y por afuera quién sabe otro vinito, un baile! Y si no puedo ir??? Trae tus cosas antes y quedarán otras para después, deja un poema, un abrazo virtual, un chocolate para que a todo el que coma su corazón late que late qué es muy importante??? Pasar la voz, entre amigas, venir dispuestas a desfilar los trajes más feos y por favor recorre todos los rincones de tu casa y saca todo lo que está demás.

Les espero!

Maite S.

- -

- - - - - - - - -

Dominguin JDGarcía@hotmail.com

Quién te ha dicho que el amor es fácil?

6 de febrero de 2012 14:24

Lena my love,

Who wants to stay with him?

Who wants him to stay with you?

Who can save us from the horrors of loving?

No te diré que me gustas para evitar decir otras zoperutanadas. Pero al fin y al cabo, son dos maricones y tú un hembrón.

Mi amor, algo habrá que aprender de todo esto. Quieres almorzar conmigo mañana?

L o v e y o u . Temón   este.

Y súper pertinente. Jaja. http://www..youtube.com/embed/Iaminlovewithyour-

brother/P8S23MvzyH4?rel=0

- -

- - - - - - - - -

Leonor Sosa ely123@gamil.com

Exposición Lena F.

6 de febrero de 2012 21:44

Muerte y Resurrección

Exposición de óleos y grabados de Lena Figueroa En Arte D2G

"*Lena Figueroa expone su particular punto de vista como un auténtico trazo perpendicular que cae sobre las fauces del mundo, y vale la pena subrayar que cuando hay punto de vista en el arte, éste siempre es un punto de vista sobre la muerte. O sobre la finitud. El punto de vista de Lena nos deja sin aliento, porque ella sabe de lo que habla (o de lo que pinta) cuando le pinta a la muerte. Es esa honestidad la que nos conmueve de Lena en su obra pictórica. Sus autorretratos nos muestran una mujer sin rostro, una mujer despojada de su cuerpo, sus autorretratos son apenas sombras, huellas de alguien que se dejó caer marcando una estría infinita en el lienzo. También sus caballos nos causan escalofríos, la velocidad de esos caballos, los arrestos de esos caballos que van hacia la muerte y cuya esencia divina es el color que siendo sustancia pura se desparrama en medio de su trayecto feroz. Las flores que les crecen a las mandíbulas de esos animales, las manchas agujereadas en sus párpados, sus colas que filudas cortan el paisaje de las ciudades de las que huyen, sus ojos inyectados de ira, preñados de un magma verde, son de la potencia de la ola cuando se estrella contra la piedra. Finalmente, parece que el puente entre lo humano y lo animal, o entre lo humano y lo divino, para Lena, lo constituye el color, el verde que impregna cada uno de sus cuadros. La obsesión monocromática de Lena es el misterio pero también la clave para entender su obra. Les dejó a ustedes la tarea detectivesca de interpretarla ".* **Jorge B.**

Lena, esto fue lo que nos llegó de Jorge. No estoy de acuerdo, me parece que no dice nada. Lo único interesante es lo de monocromático, no es como para el texto de sala. Pensalo, podrías pedirle a alguien más cercano al mundo del arte, de la pintura específicamente, que lo haga. Yo sé que es tu gran amigo, pero está claro que de pintura no sabe nada el tipo y para este tipo de eventos se necesitan opiniones más técnicas, acordate Lena, esto también va en tu portafolio.

Pensalo y me avisas. Leonor

- -

Jorge jorgebg@yahoo.com
Reseña obra Lena

6 de febrero de 2012 23:10

Mandé la nota que me pediste Helena. Ojalá le guste a la argentina esa arrogante. Lo escribí desde el fondo de mi corazón. Son ya 16 años. Hoy he amanecido pensándolo. A veces escucho como eco su voz en la casa. A ti te pasa? Son los caballos, Lena, los que lo traerán de vuelta? El caballo como dice alguna escritora del siglo pasado, es un animal que se expresa por la forma. Tanto tú como él son amantes de las formas. Son las sombras en las cuencas vacías de tus ojos, de tus autorretratos Lena, su rostro, el rostro imaginado de la muerte? Yo en todos tus cuadros lo veo Lena. En todos tus cuadros. Sabes de mi devoción por él y por todos ustedes Lena. Y tú? Has conseguido estar mejor? Nunca hablamos de eso y creo que haría falta hacerlo. Me gustaría verte pronto.

Jorge.

- -

A Sanchiz <u>aristo1977@hotmail.com</u>

7 de febrero de 2012 13:44

Sé que no ha sido la mejor manera Lena. Hace tiempo yo he debido decírtelo, pero no ha sido fácil. He estado viendo a H desde que regresó. Tú conoces a H desde niño, sabes que más allá de su belleza física está todo su talento y su sensibilidad. Te parecerá una locura, pero estoy enamorado. No me juzgues. H ha crecido, es un hombre, y nos hemos gustado inmediatamente. Lena, sabes cómo te quiero, creo que es mejor que no sigamos trabajando juntos.

Lo siento.

Todo estará mejor. En un tiempo podremos hablar, y podrás tú darte cuenta de que estas cosas pasan Lena. Bueno tú mejor que nadie sabes que estas cosas pasan.

Que llegan y lo transforman todo en un segundo. A.

- -

A Sanchiz <u>aristo1977@hotmail.com</u>
7 de febrero de 2012 18:48
Entiendo tu punto Lena. Pero ahora es mejor no vernos. H es muy sensible. Claro que te quiero Lena, son muchos años. Pero lo nuestro ya estaba patojeando desde hace tiempos. Lena, tienes que hacerte cargo la puta madre, tienes que crecer. No puedes culparme a mí de todo esto. No puedes ahora pretender que lo nuestro iba bien. Eso es tamaña irresponsabilidad. En la última conversación que tuvimos quedó claro que las cosas no estaban bien. E inclusive llegamos a un acuerdo sobre el trabajo. Entiendo que en este momento haya rencores. Confío que pasarán. Tampoco es culpa de las drogas Lena, desde cuándo la moralina, pareces tu mamá.
Mucha suerte con la exposición. Sabes que estoy orgulloso de ti. No podré acompañarte esa noche, creo que será mejor así.
A.- -

Monica Sarmiento <u>moniqat@publiart.com</u>
Hoy noche!
7 de febrero de 2012 21:05
Tengo un primer corte de la película en mi casa tipo 4 de la tarde el mismo viernes. Si te animas avisame y te adjuntas, sino te puedo pasar a ver tipo 7:30 a tu casa y vamos al teatro. Oye, todos están enamorados del mariconcito ese que trajiste, no? A mí no me produce ninguna confianza, demasiada belleza para mi gusto. Esos ojos verdes esconden algo Lena, qué error haberlo traído.
- -

Maite Sanchez <u>Sanchezmaiti@hotmail.com</u>
Taller súper recomendado
8 de febrero de 2012 12:23
Pensé en ti cuando me llegó esta nota. Yo lo hice. Sientes que te

elevas de lo liviana que quedas. Te lo recomiendo full.

TALLER RECONQUISTA TU EQUILIBRIO a través del Método Feldenkrais.

Agenda completa y definitiva en:

http://www.saruka.edu.ec/wp-content/
uploads/2012/11/Agenda11.pdf

- -
- - - - - - - - -

Ana Figueroa <u>afigueroa@archivofotografico.com</u>
Re: un favor
8 de febrero de 2012 21:57

No. claro que no entiendo nada. Hasta ayer era tu novio y ahora lo encuentro cenando con el chico. En fin es tu problema.

Lena, puedes ir tú a la reunión del edificio mañana? yo no puedo.

Espero que estés bien. A la final todos te lo advertimos y yo como la que más, a mí ese tipo como todos los hombres me parecen unos pobres hijos de la gran puta. Son todos la misma porquería Lena. Todos a la final dejan la cagada. Claro que este ya se pasó. Pero tú también eres tan rara. En tal caso ya nada Lena, es mejor que aprendas, que te desencantes y que te preocupes de una vez por todas por el Gastón! Eres Linda ñaña y tienes talento. Solo te falta un poco de confianza en ti misma. No se te ocurra dejar tu trabajo, no va a ser fácil conseguir algo así, es un super buen puesto, por favor pensarás bien. Tu llevaste al chico a trabajar ahí, si alguien tiene que irse es él.

Ana

- -
- - - - - - - - -

Dra. Tanya P. Cabeza de Vaca <u>Tanya@medicity. com</u>
Diagnóstico Lena F.

8 de febrero de 2012 22: 21
Hola Lena:
Se decidió? Recuerde las prótesis son dos por una solo este mes.
Att.
Dra. Tanya P. Cabeza De Vaca
Cirujana estética. Medicity SA
0943654421

T Dávila tdavila@archivofotografico.com
Pensión gastón
8 de febrero de 2012 22:24
Lena,
Quedamos en que este mes la pensión del cole la pagabas tú.
Pero me mandaron una nota, ayer, qué ondas contigo???
T

Martha Gaitán Faith@gmail.com
Edificio Ficus No. 3
8 de febrero de 2012 22:25
Hola Lena,
No te preocupes, en esta semana les voy a pasar el informe de lo
que se trató y se acordó en la reunión, pero cuando quieras podemos conversar. El problema son las mascotas, ya lo hemos hablado.
Para la señora Monina ya es muy difícil y no sabemos qué hacer
con dos perros. Ella ya no puede recoger sus cacas. Por otro lado
no ha venido nadie a visitarle en los últimos días y eso no es conveniente, doña Monina está enferma y necesita de ustedes Lena.
Si pudiéramos conversar y por lo menos tú te podrías hacer cargo
de los perros sería de gran ayuda. Tú tienes un gran corazón y te

gustan tanto los animales....

Saludos Lena.

Por cierto vi una foto tuya en el periódico, qué bueno lo de tu exposición. Felicitaciones.

Martha.

Monica Sarmiento moniqat@publiart.com
Hoy noche!
9 de febrero de 2012 9:10

El chino también está enamorado del mariconcito nuevo, te diste cuenta? En la reunión de hoy no dejó de verlo. Es verdad que es muy guapo pero asimismo es un hipócrita. Cómo se te ocurrió traerlo para acá? Sabiendo que estamos llenas de gays en la oficina....incluyendo a tu ex. Lo siento Lena, pero este idiota al que trajiste no se conformó con bajarte el novio, ahora quiere quedarse con la fortuna, lambiscón de mierda..........Pásame los informes y dime cuántos chocolates se necesitarían a la final, yo cacho que con unos 100 es suficiente? Lindo repartir los chocolates ese día..... ánimo, ánimo bonita, no te puedes poner así ahora. Como decía mi abuelita, todo pasa por algo.

Lorna Andrea lamar@gmail.com
Comadre!!!
9 de febrero de 2012 13:58

Insisto, vente para acá. Por qué no vienes el fin de semana? Y te olvidas de todo......necesitas descansar. Por favor ven, te recojo en el aereopuerto y nos vamos a la playa.

Carla M. floramilcar@gmail.com
Re: Feliz cumple
9 de febrero de 2012 13:58
Me quedé pensando durante estos días en lo que mencionas de
la fe. Esa es la tristeza para mí también, cuando pierdo esa fe. Qué
pena lo que ha pasado,
pero...no dejes que te gane la tristeza.
Y este mundo que existe, logremos amarlo o no, nos da siempre
señales verdad?
nos espera....
Hay una película *Bestias del Sur Salvaje (Beasts of the southern
wild)* que acaban de estrenar aquí... mírala si puedes
con tu cachorrito.
Es lindísima.
Yo intento meditar ahora por las mañanas, es milagroso cuando
lo logro. Te recomiendo que intentes algo así.
Mucha gripe por estos barrios, te escribiré menos dispersa.
- -
- - - - - - - - -

A Sanchiz aristo1977@hotmail.com
9 de febrero de 2012 14:27
No, no tiene sentido, es verdad. Lo que quiero decirte es que
después de todo, estoy seguro de lo que estoy haciendo y lo estoy
haciendo por amor. Y por favor no te burles. Creo que no has co-
metido tú ningún error. Has hecho lo que tenías que hacer.
Por cierto, claro que también te amo. Pero qué es el amor Lena,
dime, qué es el amor sino este sentimiento que es múltiple y ocurre
de este modo? Lo nuestro por el momento no tiene salida.
Creo que sí necesito algunas de mis cosas de vuelta. Sobretodo
los diccionarios. Y los dos libros de fotografía aérea. Te puedes quedar con los discos. Y ya iremos viendo......el tiempo también nos
irá guiando Lena. Por ahora las cosas tienen que ser así. Yo creo que

un terapista puede ayudar, quisieras el número del Mario? A.

Monica Sarmiento moniqat@publiart.com
Hoy noche!
9 de febrero de 2012 15:14
Sabes el pedo que todo esto va a provocar acá??? Los efectos que este asunto va a traer Lena? Tú trajiste a ese tipo a trabajar acá, a ese mediocre para que supuestamente nos organizara a todos nosotros Lena. Y ahora todo está en peligro, se metió con tu novio y también con el chino? Nos jodimos.

Leonor Sosa ely123@gamil.com
Exposición Lena F.
9 de febrero de 2012 15:16
No hemos sabido de ti, no contestás tu teléfono, acordate la entrevista con el curador es el sábado 11 a la 1 pm (es la única hora que el tipo puede).
Leonor.

Maite Sanchez Sanchezmaiti@hotmail.com
Taller súper recomendado
9 de febrero de 2012 16:23
Amiga mía, lo conseguí! Tenemos que celebrar! Llevamos a los niños y nos emborrachamos escuchando José José?
Love you.

Dominguin JDGarcía@hotmail.com
Fiesta con todos los juguetes
9 de febrero de 2012 16:24
Mis amigos queridos.

Este viernes es mi cumpleaños.

Cumplo exactamente 38 y por si acaso estoy muy orgulloso.

Como sabrán hace muchos años que no paso un cumpleaños en mi hermosa y franciscana ciudad, por lo que esto es un verdadero acontecimiento para mí.

Por favor les invito a mi casa este viernes 10 de febrero, tipo 8.

Traigan nada más que su hermosa presencia.

Se pondrán cachullapis y habrá piñatas mexicanas y claro, cisnes flotando en la piscina del penhouse. Y además habrá juguetes de la más diversa índole…… si quieren traigan los suyos! (el que quiera pepita de la felicidad me avisa con tiempo son $10 que hay que poner) Juan Domingo.

A Sanchiz aristo1977@hotmail.com
9 de febrero de 2012 17:01
Es mejor que no nos veamos en horario de oficina. Lena lamento que hayas llegado y nos hayas encontrado. Te pedí que devolvieras las llaves del depar. Me pareció además impertinente tu comentario. Ya no estamos para esos jueguitos. Lo del Sr. Tsuchia es absolutamente falso. A.

A Sanchiz aristo1977@hotmail.com
9 de febrero de 2012 18:24
Sí tienes razón, nada tiene que ver con el amor. Eso es lo que te estoy tratando justamente de decir, que esto no tiene nada que ver con que te quiera o no. También es cierto, con H teníamos una

relación epistolar hace mucho tiempo. Pero yo no te pedía saber con quién te escribías tú. Estas cosas pasan. Insisto Lena, lo del Sr. Tsuchia es un invento de los de la oficina. Dedícate a tus cosas. Yo sigo con mi vida. Y lo de Cuba, evidentemente no va. A.

Dominguin JDGarcía@hotmail.com
Tatoo
9 de febrero de 2012 18:26
Si sigues pensando en el tatuaje, este lugar es lo máximo
www.creatureswillkill.com

Jorge jorgebg@yahoo.com
Reseña obra Lena
9 de febrero de 2012 19:08
No me dices si te gustó o no lo que escribí.
Jorge

Jose Chavez plchavez1977@yahoo.com
Asunto trabajo
10 de febrero de 2012 20:44
No me contestas sobre nuestra cita, me imagino que va...... Y si me confirmas que puedes en las noches podemos coordinar para que empieces esta misma semana.
Abrazo.
José

A Sanchiz <u>aristo1977@hotmail.com</u>
10 de febrero de 2012 21:05
Lena, no hay caso. Esta conversación es inútil. Si quieres voy a tu casa, pero para qué? Sí quieres que conteste la pregunta, sí. Sí. Estoy enamorado del H. Ya lo he dicho. Y tú sabías que podía pasar. Si se me pasa enseguida te aviso, ok? Lena, si me quieres tanto como dices por favor déjame en paz. Te repito, por favor devuélveme las llaves. A.

- -

Peggy Monina F <u>peggy_1945@gmail.com</u>
Lena
11de febrero de 2012 9:44
Lenita, estás huyendo de algo? Estás implicada en ese asunto? Por qué no contestas tu teléfono? Yo sabía que era posible. Lena era muy posible que todo este asunto con ese señor, terminara mal. Muy mal.

- -

Dominguin <u>JDGarcía@hotmail.com</u>
Re: Tatoo
11 de febrero de 2012 10:10
Lena! Fuck. Me enteré lo que pasó! Tú dónde estás? Es verdad? Ha salido publicada la noticia, y no he podido creer que sea él! Por favor Lena, cuéntame! Y si necesitas algo, let me know.

- -

Monica Sarmiento <u>moniqat@publiart.com</u>
Hoy noche!
11 de febrero de 2012 9:09

Esto es increíble! Dónde estás tú??? No contestas el teléfono, desapareciste......no puedo creer hasta dónde llegó este asunto, la policía está acá, todo es tan confuso, y tú por qué no estás? Dicen que fue un crimen pasional, para mí que entre los dos mataron al chino.... tú sabías de este asunto?

- - - - - - - -

Peggy Monina F <u>peggy_1945@gmail.com</u>
Lena
11 de febrero de 2012 15:44
Nunca me imaginé que las cosas se pusieran así. Lena por favor, tú sabes lo que es la pérdida. Hemos hablado de lo que es el dolor de no saber qué paso. Quiero que por favor me llames, o me escribas. Podemos concertar una cita y pues arreglarlo todo. Incluso tu tío nos podría ayudar. O Jorge. Si quieres hablo con él. Lena después de 16 años tú vuelves a hacerme lo mismo. Por lo menos Gastoncito tiene un buen padre. Tu hermana anita está desesperada. Ella también te lo advirtió. Si lees este correo contéstame. Estoy vieja Lena, por favor.
Mamá.

Lorna Andrea <u>lamar@gmail.com</u>
Re: Comadre!!!
11 de febrero de 2012 09:10 wrote:
Claro te recojo hoy a las 9 del aereopuerto. Aquí me cuentas.

- - - - - - - -

Dra. Tanya P. Cabeza de Vaca <u>Tanya@medicity. com</u>
Diagnóstico Lena F.
11 de febrero de 2012 9: 21 Buenas noches Lena:
Y qué me dice? Hacemos la cita para la próxima semana? La

vida pasa volando.........no deje que esta oportunidad se le vaya
de las manos........

    Dra. Tanya P. Cabeza De Vaca
    Cirujana estética. Medicity SA
    0943654421

Caja negra N° 3

La Contrabandista

10:24:12,5 Indeterminado (Se escucha portazo).

10:24:13,3 Madre: ¡Claudia!

10:24:16,3 Claudia: ¿Mamá?

10:24:20:7 Indeterminada (Ininteligible)

10:24:20:8 Claudia: ¡Puedes tranquilizarte, mamá!

10:24:22,3 Madre: ¿Qué haces, Sofía?

10:24:22,9 Claudia: Mamá, no entres así al baño, puedes golpear por lo menos.

10:24:23,5 Madre: ¡Esta es mi casa, qué hace Sofía, pregunto!

10:24:33,1 Claudia: Mamá, la Sofí vino a dejar un sobre para ti.

10:24:37,0 Sofía: No es culpa de la Claudia todo este asunto, chinita, yo te estaba colocando el sobre con el pelo que me pediste sobre la mesa y traía a mi gato para dejarlo acá, como habíamos quedado, él fue directamente y empujó la puerta del...

10:24:40,0 Madre: ¡No me jodas, Sofía!

10:24:48,1 Claudia: Mamá, por favor escucha, yo me estaba desnudando para entrar a la ducha y en eso escuché pasos y el gato entró al baño...

10:24:49,2 indeterminado (suena timbre de teléfono)

10:24:49,7 Claudia: Yo contesto. Aló. Qué fue (se oye portazo).

10:24:51,2 Sofía: Lo que pasa chinita es que...

10:24:52,1 Madre: La puta madre que te parió, Sofía, ¿no te bastan las cagadas que has hecho?

10:25:04,3   Sofía: Tampoco te pongas tan cabrona, yo entré al baño y el perfil asiático de tu hija desnuda me dejó de una sola pieza. ¿Te acuerdas de Sinae, la japonesa que te conté que conocí en San Francisco?

10:25:05,8   Madre: No me salgas con tus estupideces, sabes que nunca me cayeron bien...

10:25:08,3   indeterminado (se escucha portazo)

10:25:18,3   Madre: ¿Dónde están los explosivos que quedaron sobre la mesa?

10:25:19,6   indeterminado (se escucha timbre)

10:25:22,9   Claudia: Voy a abrir

10:25:24,8   Claudia: Hola, Moni.

10:25:25,3   indeterminado ininteligible

10:25:28,5   Moni: Pero me pueden explicar...

10:25:29,0   Claudia: Sólo un momentito, mamá, por favor, ven al cuarto.

10:25:37,0   indeterminado (se escucha portazo)

10:25:37,8   Sofía: Lo que pasa es, a ver, te explico desde el principio, te he contado yo de Sinae, la japonesa que conocí en San Francisco.

10:25:38,9   Moni: La que era escritora y...

10:25:41,5   indeterminado (se escucha portazo)

10:25:43,9   Indeterminada (ininteligible)

10:25:48,7   Madre: Mira esta mierda que has armado, Sofía.

10:25:51,2   Indeterminada ¿Conseguiste el pelo que te pedí?

10:25:52,5   Moni: No, fracasó el asalto hoy, había un montón de policías por la zona. Yo sólo venía a darle de comer al gato, se supone que nadie estaba acá.

10:25:55,0   Claudia: No sólo es culpa de la Sofía este asunto.

10:25:55,1   Madre: ¡Tú te callas, Claudia!

10:25:57,6   Sofía: Creo que estás muy excitada china, tranquilízate.

10:25:59,0   Moni: Yo me voy

10:26:04,5 Indeterminada (suena portazo otra vez)

10:26:05,2 Claudia: Mamá el asunto puede ser...

10:26:07,9 Madre: Tengo que hacer la entrega de los explosivos a las 11. ¿Dónde está el polvo par de putitas? Después arreglamos el asunto del baño.

10:26:11,1 Claudia: A mí me asustó verlos ahí y no sabía...

10:26:14,1 Madre: No los habrás puesto...

10:26:15,1 indeterminado (suena el timbre)

10:26:26,0 Madre: ¿Quién carajos puede ser?

10:26:31,6 Claudia: Tal vez vengan por las traducciones. O por los explosivos. O por el pelo.

10:26:38,1 Sofía: China, es la policía.

10:26:43,6 Madre: ¡La gran puta!

10:26:44,9 Sofía: Si quieres yo les puedo explicar...

10:26:44,8 Madre: ¡Tú te callas!

10:26:47,7 Madre: Sofía, abre la puerta. Las dos calladas. Yo hablo.

0:27:03,3 Policía: Buenos días [Esta voz ha sido identificada como la del policía Johnatan C.]

10:27:05,1 Madre: Buenos Días. ¿En qué le podemos ayudar?

10:27:05,1 Policía: Buenos días, señoras, no sé si están al tanto de lo sucedido esta mañana aquí en el conjunto...

10:27:05,9 Madre: No, dígame, señor policía, ¿qué ha pasado?

10:27:07,8 Policía: Una niña ha perdido su bicicleta.

10:27:09,4 Madre: Lo lamento, no hemos visto por acá ninguna bicicleta.

10:27:11,4 Policía: No ha sido lo único que ha sucedido esta mañana en este conjunto residencial.

10:27:12,7 Madre: ¿Qué más ha pasado?

10:27:15,3 Policía: Bueno, aparte de la bicicleta, aparentemente también se ha registrado en este condominio una denuncia por acoso sexual a una menor.

10:27:17,9 Madre: ¡Qué terrible! Pero de eso tampoco tengo yo nada qué decir.

10:27:19,3 Policía: ¿Tienen ustedes mascotas en el departamento?

10:27:21,0 Indeterminada: No, aquí en el condominio no se permiten las mascotas.

10:27:23,7 Policía: Lo sé. Pero aparentemente hay gente que desobedece el reglamento.

10:27:25,3 Madre: Siempre hay gente que no cumple con las reglas, señor policía.

10:27:28,2 Policía: Las otras dos señoritas, ¿no conocen en el edificio a alguien que tenga un gato?

10:27:31,7 Indeterminada: No

10:27:32,9 Claudia: ¿También se ha perdido un gato?

10:27:34,7 Policía: No, pero aparentemente fue el enganche para el acoso.

10:27:45,9 Policía: Una mujer invitó a una niña a conocer un gato.

10:27:50,2 Madre: ¡Qué horror!

10:27:52,5 Policía: Bueno, realmente no se sabe qué pasó, la niña dice que no pasó nada, pero su madre insiste y la mujer no aparece.

10:27:55,9 Madre: No conocemos a nadie que tenga gato.

10:27:58,0 Sofía: Extraña esta mañana en el conjunto.

10:27:58,8 Indeterminada: En la peluquería tienen un gato [Se trata de otro policía hablando por radio identificado como Segundo P.]

10:28:02,5 Policía: Un momento por favor.

10:28:04,0 Indeterminada ininteligible.

10:28:06,6 Policía: En cinco minutos me comunico contigo.

10:28:08,2 Madre: Bueno, si eso es todo, nosotros íbamos a salir.

10:28:22,4 Indeterminada: ¿Le importa si le hago un par de preguntas adicionales? Sucede que existe una última denuncia que tiene que ver con una desaparición de armas.

10:28:33,3 Madre: ¿En el conjunto? ¿Asaltos?

10:28:40,6 Policía: Bueno, al guardia de seguridad se le ha perdido su paralizer. Y esto, de alguna manera, puede estar vinculado al asalto de mujeres para el robo de pelo. Un hecho que se ha venido suscitando en el sector aledaño.

10:28:42,4 Madre: ¿Hoy mismo?

10:28:44,4 Policía: Lo del paralizer fue ayer en la noche. Lo del pelo ha ocurrido en las últimas semanas.

10:28:47,5 Indeterminada: Qué pesar. No, tampoco conocemos nada del particular.

10:28:50,5 Policía: ¿Puedo revisar el departamento?

10:28:51,6 Madre: ¿El departamento?

10:28:51,7 Policía: Mire, lo que pasa es que nadie sabe nada acá en el conjunto, entonces creo que tendremos que revisar departamento por departamento para identificar si los asuntos están relacionados, ¿me comprende?

10:28:54,7 Madre: En este momento no le podemos ayudar.

10:28:57,6 Claudia: Mire, señor policía, yo...

10:29:00,5 Indeterminada: Quisiera que vengas a ver el gato acá en el peluquería. [Se trata de otro policía hablando por radio, identificado como Segundo P.]

10:29:03,1 Policía: Bueno, pero ¿ahorita?

10:29:08,4 Indeterminado: Ahora. Estoy en la peluquería, ¿me copias? [Se trata de otro policía hablando por radio identificado como Segundo P.]

10:29:13,5 Policía: Voy a tener que retirarme, pero volveré en un momento.

10:29:17,5 Indeterminado (se escucha portazo)

10:29:24,8 Madre: ¡Esto es lo que me faltaba! ¡La puta que lo parió!

10:29:27,0 Claudia: ¿Y ahora, mami?

10:29:29,6 Madre: Hay que actuar con celeridad.

¿Dónde carajos están los explosivos?

10:29:29,8 Claudia: Sofí, capaz te tienes que llevar de vuelta el gato.

10:29:34,9 Madre (ininteligible).

10:29:37,7 Indeterminada: ¿Vino el tipo por las pistolas?

10:29:40,0 Claudia: Sí, pero a la final no se las pudo llevar a todas porque no estaba en auto. Pero me enseñó el modelo. El tipo está fabricando instrumentos musicales con las pistolas. Bonito eso, ¿no?

10:29:44,4   Madre: Ya. Las pistolas en el baúl. ¡Los explosivos, tráeme los explosivos!

10:29:46,3 Indeterminado (ininteligible).

10:29:46,7 Sofía: No pude entregar el pelo, China, tengo el resto en el carro. Es que se me cruzó el Luis y...

10:29:47,9 Madre: Ya te he dicho que no se mezclan los asuntos personales con los profesionales. Ayúdame a guardar el pelo.

10:29:51,0 Sofía: ¿Y ahora qué hacemos con el gato?

10:29:53,5   Madre: ¿Dónde está ahora?

10:29:57,4 Sofía: En la ducha.

10:29:58,1 Madre: Métalo en tu carterita.

10:29:58, Claudia: ¿Y el cuadro que está debajo de la cama, lo dejamos?

10:30:01,4 Madre: No. Pero por favor tráeme los explosivos.

10:30:07,7 Claudia: ¿Son para juegos pirotécnicos, mamá?

10:30:10,2 Madre: ¡Qué sé yo!

10:30:14,2 Sofía: ¿Supiste lo de la banda Las poderosas?

10:30:21,9 Madre: ¡Cállate, Sofía, y ayúdame con este pelo!

10:30:26,4 Claudia: ¿Dónde pongo los explosivos?

10:30:31,1 Madre: ¿Dónde los pusiste?

10:30:32,7 Sofía: En la refri.

10:30:35,2 Madre: ¿En la refri?

10:30:37,9 Indeterminado (Se oye portazo)

10:30:45,1 Madre: Sofía tú te encargas del gato.

10:30:45,3 Sofía: ¿Qué pasó en el baño? Está tapado el escusado...

10:30:52,6 Madre: ¡Nos tenemos que ir!

10:30:54,0 Claudia: ¿Agarro yo la maleta con las pistolas?

10:30:54,4 Madre: ¡No puedo olvidarme del cuadro, maldita sea cómo salimos con todo esto!

10:30:55,5 Sofía: China, como que se te fue de las manos este asunto...

10:30:58,3 Claudia: Mamá, el polvorín que sobra, ¿lo dejo en la refri?

10:31:00,4 Madre: Déjalo ahí afuera, escondido en alguna parte. Saldremos por la parte de atrás del edificio...

10:31:05,9 Claudia: Vámonos.

10:31:07,1 Sofía: ¿Cómo y dejamos así sin más el depar? Lancemos lo que queda de pelo por la ventana.

10:32:08,3: Madre: Buena idea, pero cierra la ventana, no vaya a ser que se nos metan los ladrones.

10:32:09,4 Claudia: Listo.

10:33:11, 1 Indetermindado (se escucha portazo)

10:35:21,3 Indeterminado (suena el timbre)

10:35:25,2 Moni: Chicas. ¿Hay alguien?

10:35:26,1 Moni: Chicas, está la policía en el conjunto.

10:35:27,2 Moni: Chicas…. ¿me puedo llevar el gatito?

10:36:28,2 Policías: ¿Hay alguien en casa? Parece que hay alguien en la cocina, anda a mirar.

10:36:29,1 Indeterminado.

SONIDO DE EXPLOSIÓN.

La colección *Narradoras Latinoamericanas* reúne seis volúmenes de cuentos y novelas de escritoras de diferentes países de latinoamérica que están emergiendo con fuerza en la literatura de la región. Con temas diversos pero tratados desde una perspectiva femenina, las voces de estas autoras son algunas de las más originales y destacadas de la narrativa actual en latinoamérica, y en la literatura contemporánea.

www.ingramcontent.com/pod-product-compliance
Lightning Source LLC
Chambersburg PA
CBHW022008050726
47499CB00003BA/875